विविध प्रसंग

सम्पादक
अरुण कुमार निगम
डॉ. प्राची सिंह

redgrab
books

books

विविध प्रसंग (छंद व बाल रचना संकलन)
संपादक - अरुण कुमार निगम, डॉ. प्राची सिंह

प्रकाशक : **रेडग्रैब बुक्स**
942, मुट्ठीगंज, इलाहाबाद-3 उत्तर प्रदेश, भारत
वेबसाइट - www.redgrabbooks.com
ईमेल- contact@redgrabbooks.com

संस्करण : प्रथम, जनवरी 2018

ISBN : 978-93-87390-17-1
आवरण : श्री कम्प्यूटर्स, इलाहाबाद
टाइप सेटिंग : श्री कम्प्यूटर्स, इलाहाबाद

संपादकीय

(i) छंद प्रसंग

यह एक आम धारणा है कि छन्द विधा बहुत कठिन विधा है, शायद इसीलिए बहुत से कवि, छन्दबद्ध रचनाएँ करने में अधिक रुचि नहीं दर्शाते हैं। वास्तव में यह साहित्य के लिए एक आवश्यक विधा है। छन्द लिखने के लिए पहले व्याकरण की बारीकियों को समझना आवश्यक होता है. काव्य की आत्मा, लय होती है। चाहे कविता हो, गीत हो या छन्द हो, बिना लय के अप्रभावी होते हैं। लयबद्ध काव्य, श्रोताओं के मन-मस्तिष्क में सीधे सीधे उतरने में सक्षम होता है। रीतिकालीन और भक्तिकालीन कवियों ने छन्दबद्ध काव्य का सृजन किया। उनका काव्य वाचिक परम्परा से होता हुआ हम तक पहुँचा है। गेयता के कारण ही यह कालजयी बन सका है। अतः इसमें कोई संदेह नहीं है कि छंदबद्ध काव्य कालजयी हो जाता है।

ऐसे भी अनेक कवि हैं जिन्हें छन्द का विरोध करते देखा है। उनकी मान्यता है, वर्तमान समय में परंपरागत छन्दों में लिखना बिल्कुल भी जरूरी नहीं है, तथापि उनकी कविताओं और गीतों में सार छन्द, सरसी छन्द, आल्हा छन्द, ताटंक छन्द, कुकुभ छन्द, लावणी छन्द जैसे बहु प्रचलित छन्दों का भरपूर प्रयोग देखने को मिलता है। उन्हें मालूम ही नहीं है, अनजाने में ही उन्होंने छन्दों का प्रयोग कर लिया है। जहाँ लयबद्धता होगी वहाँ प्रायः किसी न किसी छन्द की उपस्थिति मिलती ही है।

छन्द में दो महत्त्वपूर्ण विशेषताएँ होती हैं। पहली विशेषता तो लय है और दूसरी विशेषता उसका व्याकरण सम्मत होना है। छन्द के दो प्रकार होते हैं- मात्रिक छन्द और वर्णिक छन्द। मात्रिक छन्दों में मात्राओं की विशेष व्यवस्था, यति का स्थान और पदों के अंत में लघु-गुरु का विधान, छन्द-विशेष की एक विशिष्ट लय का निर्धारण करता है। उदाहरण के तौर पर दोहा, रोला, सोरठा, कुण्डलिया, रूपमाला आदि छन्दों में हर पद में मात्राओं की संख्या 24 होती है फिर भी मात्राओं की विशेष व्यवस्था और यति की स्थिति की भिन्नता के कारण प्रत्येक छन्द की लय एक दूसरे से बिल्कुल भिन्न होती है। वर्णिक छन्दों में गणों की विशेष व्यवस्था उनकी लय को निर्धारित करती हैं। वर्णिक छन्दों में गण से मुक्त छन्द, घनाक्षरी में लय विशिष्टता उसके शब्द संयोजन पर निर्भर करती है।

कुछ नए छन्दकार अपने छन्दों में यति और मात्राओं के विधान का पालन तो

शुद्धता से कर लेते हैं, किन्तु उनकी रचनाओं में प्रवाह नहीं दिखता। इसका मुख्य कारण कल-संयोजन की जानकारी का अभाव होता है। गेयता हेतु विषम और सम कलों का उचित संयोजन करना अनिवार्य होता है। यह सतत अभ्यास से ही संभव हो पाता है। इस हेतु सुप्रसिद्ध कवियों की छन्द रचनाओं को बारीकी से पढ़ना जरूरी होता है।

छन्द, काव्यानुशासन सिखाता है; कम शब्दों में गूढ़ बात करना सिखाता है। यह हमारे व्याकरण ज्ञान को परिमार्जित करता है। कोई भी भाषा हो, व्याकरण की शुद्धता के बिना प्रतिष्ठित नहीं हो सकती। कई लोग भाषा तो शुद्ध बोल लेते हैं, किन्तु लिखने में कई प्रकार की त्रुटियाँ कर बैठते हैं। व्याकरण ज्ञान के अभाव में काल दोष, लिंग दोष, मात्रा दोष, पुरुष दोष कर बैठते हैं। छन्द के अभ्यास से ये सभी दोष दूर होते हैं और भाषा शुद्ध होती है। छन्द के अलावा हमारी कविताओं और गीतों में प्रवाह सहज ही आ जाता है; यहाँ तक कि हमारा गद्य लेखन भी व्याकरण की कसौटी पर खरा उतरता है। अतः छन्द का अभ्यास आज के दौर में भी आवश्यक प्रतीत होता है।

प्रस्तुत छन्द संकलन में उन्नीस छंदकारों की विविध छन्दों में लिखी गई रचनाएँ संकलित की गई हैं। मुझे विश्वास है कि यह संकलन पाठकों को अवश्य ही पसंद आएगा और उन्हें छन्दबद्ध रचनाएँ लिखने के लिए प्रेरित करेगा।

- अरुण कुमार निगम
सं - विविध-प्रसंग (छंद खण्ड)
एच. आई. जी. 1 / 24, आदित्य नगर,
दुर्ग, छत्तीसगढ़ पिनकोड 491001
मोबाइल - 9907174334, 8319915168
ई मेल - arun.nigam56@gmail.com

(ii) बाल प्रसंग

जीवन का सबसे अनमोल तोहफा 'बचपन'; जहाँ मन एकदम साफ़, दुनिया की आपाधापी से अनजान, अनगिन जिज्ञासाएँ समेटे, सहज कौतूहल लिए कल्पनाशीलता के अनंत आकाश में विचरता है। बचपन ही वह नितांत महत्त्वपूर्ण अवस्था है, जहाँ संतुलित जीवन की मज़बूत आधारशिला रखी जाती है।

आज दुनिया आधुनिकीकरण की तरफ बढ़ रही है, हर तरफ नयी-नयी तकनीकों के अनगिन अजूबे हैं, बच्चों की रंग-बिरंगी कल्पनाएँ हैं, नित नए सपने, अनेकानेक

जिज्ञासाएँ हैं। आज डिजिटल युग है, मनोरंजन और ज्ञान की हर सामग्री बच्चों की उँगलियों पर नाचते इलेक्ट्रॉनिक गैजट्स में सहज उपलब्ध है। ऐसे में बाल साहित्य को बच्चों तक पहुँचने के लिए रोचकता में प्ले-स्टेशन्स, टीवी कार्टून्स, कार्टून फिल्मों, आई पैड गेम्स इन सबसे एक बड़ी प्रतिस्पर्धा का सामना करना है।

'समय के साथ परिस्थितियाँ बदल जाती हैं', इसी मूलतथ्य को आत्मसात करते हुए बाल-साहित्य सृजन आज के बाल साहित्यकार की सबसे बड़ी चुनौती है, क्योंकि यहाँ पर रचनाकार 'हम' बड़े होते हैं और पाठक/श्रोता नन्हे-मुन्ने बच्चे। लेखनी के आधुनिक परिवेश में बाल-मनस से साम्य स्थापित करने की सामर्थ्य ही किसी रचना को सफल या असफल बाल-रचना बनाती है।

'कैसा होना चाहिए बाल साहित्य, जो बच्चों की काल्पनिकता के अनुरूप होने के साथ-साथ इतना रोचक हो कि बच्चों के दिलों में अपनी जगह बना सके?' यह प्रश्न बाल लेखन में सक्रिय साहित्यकारों के मध्य अकसर विचार-विमर्श, चिंतन-मंथन का विषय रहता है। बाल रचनाकारों के लिए विषय-वस्तु का आकाश बहुत बड़ा है, तकनीकों से लेकर परियों की दुनिया तक, और हर उम्र के बच्चे के लिए भी ज़रूरत अलग है, जहाँ नन्हों मुन्नों को शरारतें पसंद हैं, वहीं उनके लिए नैतिक शिक्षाप्रद कहानियों और गीतों की भी ज़रूरत है। एक ओर जहाँ उनके मन में इंसानियत की बाल-सुलभ आधारशिला को हिलने नहीं देना है, वहीं उनमें संस्कृति, देशभक्ति और जिम्मेदारी की नींव भी रखनी है।

शिशु साहित्य, बाल साहित्य तथा किशोर साहित्य में बहुत स्पष्ट अंतर है और लिखते समय यह स्पष्ट होना चाहिए कि रचना किस विशिष्ट आयु वर्ग के लिए लिखी जा रही है। शिशु साहित्य बहुत छोटा सरल व ध्वन्यात्मक आवृतियों वाला होना चाहिए, ताकि सुनकर दोहराने में शिशुओं का आनंद आये; इसके लिए विषय बहुत काल्पनिक न होकर यथार्थपरक होने चाहिए, जिससे कि शब्द-चित्र शिशु की कल्पनाओं में सहजता से बन सके और वो उससे जुड़ पाए।

बाल-साहित्य, नैतिक मूल्यों को समाहित करते हुए कल्पनाओं को विस्तार देने वाला होना चाहिए। बाल रचनाएँ यदि उपदेशात्मक न होकर बोधात्मक हों तो ज्यादा प्रभावोत्पादक होती हैं। साथ ही बाल साहित्य यदि मन में नए प्रश्नों को जन्म दे और उनके हल ढूँढ़ने को प्रेरित करे तो वह बच्चों की जिज्ञासु प्रवृत्ति के अनुरूप उनके व्यक्तित्व निर्माण में सहायक होता है।

आज किशोर वर्ग अनेकों प्रकार के तनावों का सामना करता है। साहित्य में यदि बड़े बच्चों को अपनी समस्याओं का समाधान मिले, उनके चिंतन को विस्तार देता दिशा निर्धारण का तत्व समाहित हो और मुश्किलों का सामना करते हुए हिम्मत न हारने

की प्रेरणा मिले, तब वो स्वयं को उससे जोड़ पाते हैं।

निशा कोठारी के बाल गीतों में बाल मन की कोमलता लिए ऐसा बच्चा है, जो बारिश तितली और संता के साथ बचपना जीता है। डॉ. विष्णु सक्सेना के बाल गीत आधुनिकता लिए जहाँ आज के परिवेश में बच्चों की रुचियों की बात करते हैं, वहीं उनके गीतों में किशोरवय के लिए लक्ष्य निर्धारण और मार्गदर्शन है। राजकुमार जैन 'राजन' के बाल गीतों में प्रकृति है, तकनीक है; साथ ही वह बच्चों की नित्य समस्याओं को भी गंभीरता से देखते हैं। महेन्द्रनाथ भटनागर के गीत, साहस की बात करते हैं। सीमा अग्रवाल के गीतों में गाँव का प्रेम है, मौज मस्ती और हास्य है; साथ ही बहुमूल्य दिशा निर्देशन भी है। त्रिलोक सिंह ठकुरेला, गौरी शंकर वैश्य 'विनम्र', राजेश कुमारी 'राज', आशा शैली और प्रियंका गुप्ता के गीतों में प्रकृति और देशप्रेम के साथ-साथ कल्पनाओं की ऊँची उड़ान भी है।

प्रस्तुत संकलन में मुख्यतः बाल वर्ग व किशोर वर्ग के लिए कविताएँ, गीत व कहानियाँ हैं. इसमें जहाँ तकनीकी दुनिया के यथार्थ से बच्चों को परिचित कराने का प्रयास किया गया है, वहीं सपनों की रंग-बिरंगी दुनिया भी है, काल्पनिकता की जादुई उड़ान है, तो प्रकृति प्रेम व देश भक्ति के गीत भी समाहित हैं। विश्वास है कि ये संकलन अपने गीतों में समाहित प्रेरक तत्वों, कहानियों में निहित बोधात्मकता, प्रस्तुतियों की कल्पनाशीलता की उड़ान, कथ्य की सहजता, कविताओं के सुप्रवाह, गीतों की लयात्मकता, विषय वस्तु की सार्थकता, आदि के कारण पाठक वर्ग को अवश्य ही पसंद आएगा।

अंजुमन प्रकाशन का हार्दिक धन्यवाद, कि इन्होनें मुझे बाल-साहित्य सम्पादन के योग्य समझ, इस महत्त्वपूर्ण दायित्व निर्वहन का अवसर दिया। सभी रचनाकार, जिनकी प्रस्तुतियों को इस संकलन में स्थान मिला, उन्हें बहुत-बहुत बधाई और शुभकामनाएँ।

- डॉ0 प्राची सिंह
संपादक - विविध-प्रसंग (बाल खण्ड)
ईमेल - drprachi.envsc@gmail.com
मोबाइल - 9758509200
डायरेक्टर-इंडीनेशन पर्ल्स,
गौजाजाली, बरेली रोड,
हल्द्वानी-263139,
नैनीताल, उत्तराखंड

अनुक्रम

छंद-प्रसंग

बाल-प्रसंग

कविता-खण्ड

कहानी-खण्ड

छंद-प्रसंग

अखिलेश कृष्ण श्रीवास्तव

पता – विवेकानंद मार्ग – 3, धमतरी (छत्तीसगढ़)
मोबाइल – 90090-51554, 0772-2232233
ई मेल – akhilesh.sriradhe@gmail.com
पुस्तकें – निरंक

मनहरण घनाक्षरी - किसान

देवों की है कर्म भूमि, देश है ये धर्म भूमि,
नदियाँ पवित्र सभी, गंगा वरदान है।
खेती है प्रधान यहाँ, लाखों हैं किसान यहाँ,
शस्य श्यामला धरा ये, भारत की शान है।।
सीमा पर हैं जवान, मेहनती है किसान,
रक्षक औ' पालक भी, यही भगवान है।
मौसम की मार भी है, बैंकों से उधार भी है,
शासन की बेरुखी से, मरता किसान है।।

जोताई हो बोवाई हो, निंदाई हो रोपाई हो,
लहलहाते खेतों में, स्वेद है किसान का।
मेहनत का है काम, मिलता है कम दाम,
पूरी जिन्दगी उधार, दर्द है किसान का।।
शीत गर्मी बरसात, काम करे दिन रात,
चिंता नहीं तन की ना, मान अपमान का।
हमेशा मुस्कुराता है, इस धरा से नाता है,
खेती कर्म धर्म गीता, वेद है किसान का।।

कुकुभ छंद - सूरज

पंछी चहके डाली डाली, लाल सूर्य मन को भाये।
धूप खिली तो खिला कमल भी, गुंजन कर भौंरा गाये।।

फागुन से तपते हो सूरज, खूब कहर बरपाते हो।
मजा ठंड में देते हो पर, गर्मी भर तड़पाते हो।।

सुबह सबेरे आ जाते हो, साँझ ढले तुम जाते हो।
गर्म स्वभाव तुम्हारा सूरज, हर पल ताप बढ़ाते हो।।

सहन नहीं होती हैं किरणें, जब गर्मी ऋतु आती है।
अग्नि बाण यह दोपहरी की, तन को झुलसा जाती है।।

हर दिन आँच तेज करते हो, ख्याल करो इस धरती का।
देव तुम्हें हमने माना है, मान रखो इस विनती का।।

ताल तलैया सूख गए क्या, हम पे तरस न खाओगे।
त्राहि-त्राहि मच जाएगी यदि, आग और बरसाओगे।।

हे सूरज अब आँच करो कम, दया जरा-सी दिखलाओ
धरा जलाशय पशु पक्षी हम, सब को राहत दे जाओ।।

डरो नहीं ग्लोबल वार्मिंग से, हर मानव को समझाओ।
धूप बदल दो ऊर्जा में सब, शाकाहारी बन जाओ।।

उल्लाला छंद - माँ

दिल से देना प्यार है, लेन देन व्यापार है।
सब रिश्तों में स्वार्थ है, आत्मिक माँ का प्यार है।

माँ बच्चों को पालती, रात रात भर जागकर।
प्यार बाँटती उम्र भर, अपनी खुशियाँ त्यागकर।।

शिशु की रक्षा गोद में, बढ़ी ठंड सब त्रस्त हैं।
माँ शिशु दोनों प्यार में, नयन मूँद कर मस्त हैं।।

धन दौलत क्या चीज ये, दुनिया भी बेकार है।
माता तेरी गोद ही, बच्चों का संसार है।।

हे ईश्वर ऐसा करें, लम्बी हो माँ की उमर।
बचपन में बिछुड़ें नहीं, शुभ हो जीवन का सफर।।

सब रिश्तों से श्रेष्ठ है, माँ सब की पहचान है।
जग में ईश्वर का दिया, माँ पावन वरदान है।।

मनुज जन्म का फायदा, खूब समझते देवता।
मातृ प्रेम मिलता नहीं, सदा तरसते देवता।।

सरसी छंद - बूढ़ा लोहार

तेज धौंकनी चली हवा तो, हुआ कोयला लाल।
बहे पेट के लिए पसीना, यही रोज का हाल।।

चले हथौड़ा लाल लौह पर, लोहा बदले रूप।
अथक परिश्रम हर मौसम में, ठंडी बरखा धूप।।

करे अकेला कर्म लुहारी, रहे न कोई पास।
कठिनाई से चलता जीवन, फिर भी नहीं उदास।।

लोहे सा संकल्प जहाँ दृढ़, कठिन कहाँ फिर काम।
भागीरथ हनुमान भीष्म का, जग भी लेता नाम।।

सिर्फ भुजाओं के दम पर तो, हाल हुआ बेहाल।
फैला जाल मशीनों का तो, घटी आय हर साल।।

पूरा जीवन खपा दिया पर, वही लगन औ' जोश।
कम है लाभ परिश्रम ज्यादा, पर आत्मिक संतोष।।

कुंडलिया छन्द – श्रमिक

रोटी मिर्ची प्याज से, भरा श्रमिक का पेट।
शीतल छाया पेड़ की, गया वहीं पर लेट।।
गया वहीं पर लेट, छाँव लगती है प्यारी।
पंखा झलते पात, मिट गई सुस्ती सारी।।
श्रमिक वर्ग के लोग, पहन बंडी लंगोटी।
दिन भर करते काम, मिले तब सूखी रोटी।।

रोला छंद - सपने

सूर्योदय के साथ, मिटा जग का अँधियारा।
बादल रंग बिरंग, दिशाओं में उजियारा।।
जोश और उत्साह, उड़ी मैं आसमान में।
पहुँची पंछी संग, सितारों के जहान में।।

सपने देखूँ रोज, लगे हैं पंख बदन में।
घुली हवा में गंध, लहर सी उठती मन में।।
वेणु बजावें श्याम, पुकारे रुक ना पाऊँ।
फैलाकर दो बाँह, परी बन मैं उड़ जाऊँ।।

चौपाई छन्द - सर्कस

जग सर्कस हर जीव अनाड़ी। ऊपर है बस एक खिलाड़ी।।
उछल कूद सब की सहता है। हर युग में सर्कस चलता है।।

रिंग मास्टर कहलाता है। नज़र नहीं पर वो आता है।।
बात इशारों में है करता। जो ना समझे वही भटकता।।

भक्ति भाव में डूबे रहना। भव सागर यदि पार उतरना।।
कोई भी मत करो बहाना। कृष्ण धाम है जिसको जाना।।

रिंग मास्टर खुश हो जाये। तब ही हमें नजर वह आये।।
सर्कस में फिर कभी न आये। मुक्त जीव जो भी कहलाये।।

आल्हा छंद - विधवा उद्धार

सोच जवानी में थी मेरी, करूँ किसी विधवा से ब्याह।
बात किसी की मैं ना मानूँ, ना समाज की थी परवाह।।

बड़ी उमर ना बच्चे वाली, यही शर्त मेरी हर बार।
बरसों नहीं मिली मर्जी की, किस्मत थी मेरी बेकार।।

सुहागनें भी माँग भरें ना, फैशन की मारी हर नार।
विधवा जान सभी से पूछा, मिली मुझे सब से फटकार।।

विधवा को पहचानूँ कैसे, मैं जो ठहरा निपट गँवार।
विज्ञापन में खर्च हो गए, एक लाख चौबीस हजार।

मित्र पड़ोसी कहा सभी से, कमसिन विधवा ढूँढ़ो यार
इंतजार में उमर गुजरती, करना है विधवा उद्धार।।

कहा मित्र ने प्रौढ़ हो गये, उम्र तुम्हारी छप्पन पार।
नहीं भाग्य में कमसिन विधवा, जो मिल जाये करना प्यार।।

जब आएगी विधवा ऐसी, ब्याह रचाकर मेरे द्वार।
बड़े प्यार से उसे रखूँगा, देकर पत्नी का अधिकार।।

अमन चाँदपुरी

ई. मेल - kaviamanchandpuri@gmail.com
दूरभाष - 9721869421
पता - ग्राम व पोस्ट – चाँदपुर, तहसील- टाँडा,
जिला - अम्बेडकर नगर, उ. प्र. पिन कोड - 224230

कुंडलिया छंद

माता तम मन का हरो, दूर करो अज्ञान।
सत्य सदा मैं लिख सकूँ, हे माँ दो वरदान।।
हे माँ दो वरदान, ज्ञान की ज्योति जलाकर।
सत-पथ पर हों कदम, समय से ताल मिलाकर।
खड़ा 'अमन' कर जोड़, सार दो तुम जीवन का।
दो साहित्यिक ज्ञान, हरो माता तम मन का।।

खाली बर्तन देख कर, बच्चा हुआ उदास।
फिर भी माँ से कह रहा, भूख न मुझको प्यास।।
भूख न मुझको प्यास, कह रहा सुन री माता।
होती मुझको भूख, माँग खुद भोजन खाता।।
कहे 'अमन' कविराय, बहुत माँ भोली-भाली।
नहीं जानती लाल, देखता बर्तन खाली।।

दिन में भी देखो इन्हें, पी रक्खी है भंग।
बिन उतरे मैदान में, कहते जीती जंग।।
कहते जीती जंग, सिकंदर के हम भाई।
है किसमें सामर्थ, करे जो हाथा-पाई।।
कहे 'अमन' कविराय, गिनोगे इनको किनमें।
खुली आँख से स्वप्न, देखते हैं जो दिन में।।

जंगल-जंगल फिर रहे, कितने संत महान।
ईश्वर के दरबार के, मालिक हैं शैतान।।
मालिक हैं शैतान, धर्म है इनका धंधा।
बेचें ये भगवान, खरीदे तुम-सा अंधा।
'अमन' कह रहा आज, तभी तक इनका मंगल।
जब तक संत महान, फिर रहे जंगल-जंगल।।

होली का मौसम 'अमन', उड़ता रंग गुलाल।
गोरी का मुख चूमकर, अधर हो गए लाल।।
अधर हो गए लाल, गाल भी हुए गुलाबी।
पी नैनों का जाम, बना मैं आज शराबी।।
भाग न गोरी आज, रँगूँगा तेरी चोली।
मिला हृदय के साज, खेलते हैं हम होली।।

प्राण तुम्हारी याद में, दिल है बहुत उदास।
नैनों से सावन झरे, फिर भी मन में प्यास।।
फिर भी मन में प्यास, काटती है तन्हाई।
तड़पूँ सारी रात, सही न जाए जुदाई।।
अब तो आओ पास, खिले मन की फुलवारी।
निश दिन करती याद, साजना, प्राण तुम्हारी।।

जागी-जागी आँख है, सोई-सोई रात।
सन्नाटा सुनता प्रिये, मुझसे तेरी बात।।
मुझसे तेरी बात, पीर जो मुझे रुलाती।
विरहा की यह आग, हाय तन-मन दहकाती।।
कहत 'अमन' कविराय, प्रीत जब से है लागी।
तब से ही हर रात, बीतती जागी-जागी।।

जब-जब वो देखे मुझे, करे करारे वार।
होती सबसे तेज है, नैनों की ही धार।।
नैनों की ही धार, कराती बड़ी कयामत।

नैन हुए यदि चार, समझ फिर आई आफत।।
कहत 'अमन' कविराय, प्रेम है जग में तब-तब।
प्रेमी जन के नैन, सखे जुड़ते हैं जब-जब।।

चंचल मन की तू कुड़ी, बच्चों-सी मासूम।
हुआ तुझे भी प्रेम है, तभी रही तू झूम।।
तभी रही तू झूम, गाल से टपके लाली।
अधर भले ख़ामोश, बोलती बिंदिया-बाली।
होता है यह प्रेम, जगत में सबसे निश्छल।
पा भावों का ज्वार, हृदय होता है चंचल।।

कविता मेरी धन्य है, पाकर आशीर्वाद।
करता मैं नम आँख से, बाबा तुमको याद।।
बाबा तुमको याद, कौन अब इन्हें सुनेगा।
करके तर्क-वितर्क, गलतियाँ कौन चुनेगा।।
'अमन' खो गई हाय, ज्ञान की अनुपम सरिता।
पास नहीं तुम आज, सुनाऊँ किसको कविता।।

मत देने जाओ अगर, बात रहे ये ध्यान।
पाँच वर्ष के बाद ही, होता है मतदान।।
होता है मतदान, लगे प्रत्याशी खोटा।
करना नहीं विचार, दबाना फिर तुम नोटा।।
'अमन' गए जो जीत, न आए फिर सुधि लेने।
कसर करो तुम पूर्ण, जा रहे हो मत देने।।

मनहरण घनाक्षरी - मीरा-कृष्ण

भक्ति में तुम्हारी नित डूबी रहती हूँ श्याम।
दरस दिखाओ नाथ तुमको मैं जान लूँ।।
छलते हो किसलिए सुनते नहीं हो कृष्ण।
जैसी जिद है तुम्हारी, वैसी ही मैं ठान लूँ।।
विषपान किया मैंने तुमने सुधा बनाया।

बतलाओ कैसे पियूँ, कैसे निज प्राण लूँ।।
नयनों में बसे तुम मन में समाये तुम्हीं
तुम्हें छोड़ बोलो किसे और प्रिय मान लूँ।।

मानस पटल पर बसी घनश्याम छवि।
इसीलिए मीरा सिर्फ कृष्ण देख पाती है।।
त्याग गृह, राज, काज सभी बंधनों को तोड़।
प्रेम सरिता में सदा डुबकी लगाती है।।
हाथ इकतारा लिए जोगिनी-सी घूम रही।
भक्ति भावना में रानी दासी बन जाती है।।
श्याम श्याम श्याम श्याम श्याम श्याम रटती है।
श्याम के लिए ही नित्य श्याम पद गाती है।।

घनाक्षरी छंद

दिव्य भावना से युक्त छंद हो माँ वीणापाणि।
मुझपे सदैव आपकी कृपा बनी रहे।।
शब्द, शिल्प, भाव, बिम्ब आदि अति उत्तम हों।
नव्य कल्पना से सदा कविता धनी रहे।।
लय कभी टूटे नहीं छूट का न लूँ सहारा।
चाहे मुझसे ही खुद अपनी ठनी रहे।।
सत्य लिखूँ हो निडर रचना बने अमर।
नित्य प्रति गतिशील मेरी लेखनी रहे।।

नित्य प्रात धरा पर सूरज की किरणें आ।
धरती को कंचनी प्रभा से नहलाती हैं।।
जाने कौन टोना ओस संग करती 'अमन'।
खेल-खेल में ही उन्हें चट कर जाती हैं।।
नोच लेतीं नूर मुख पंकज का धूप बन।
तेज दोपहर में ये तन झुलसाती हैं।।
शाम में नहाई हुई जाती घर अपने तो।
अंधकार युक्त रजनी में याद आती हैं।।

कभी लिखे निज पीड़ा कभी लिखे दूसरों की।
हर एक पल की निशानी कवि लिखता।।
दृगों की गगरिया से पानी जब छलके तो।
शब्द-शब्द पीर की कहानी कवि लिखता।।
स्वार्थपरता को त्याग प्रेम पाश में जो बँधे।
ऐसे मनु वंशजों को ज्ञानी कवि लिखता।।
धर्म व समाज की कुरीतियाँ रुलातीं, तब।
फक्कड़ कबीरा की जबानी कवि लिखता।।

काल के जो पृष्ठ पर छाप छोड़ देता निज।
उसकी युगों के लिए बन जाती छवि है।।
आशा रश्मियों से हर लेता जो तिमिर घोर।
ऐसे अनुपम कार्य करता वो रवि है।।
होकर निडर मेट दे जो आतताइयों को।
चूके रंच मात्र नहीं 'अमन' वो कवि है।।
लेखनी से अपनी जगाता सोया राष्ट्र है जो।
मेरी दृष्टि में वही तो कालजयी कवि है।।

काव्य की हमारे अम्ब उपमा मिले न कहीं।
भाव सिंधु में ज्यों खिले कोटिक कमल हों।।
मोतियों से शब्द चुन-चुन रचूँ कविता माँ।
छंद हों प्रवाह युक्त, अर्थ भी सरल हों।।
नव्य कल्पनाएँ पंक्तियों में बसे वीणापाणि।
गीत, क्षणिका, कवित्त, दोहा या गजल हों।।
हाथ जोड़ कह रहा पुत्र आपका 'अमन'।
मातु हस्त शीष रखो हम भी सफल हों।।

उमाशंकर मिश्रा

मोबाइल - 88890-53339
ई मेल - mishra.umashanker7@gmail.com
पता - नमस्कार भवन, गायत्री मंदिर के पीछे, संतरा बाड़ी,
दुर्ग छत्तीसगढ़ 491001

घनाक्षरी छंद

हिन्द देश के निवासी, बनो अ-विनाशी यहाँ
भारती की आन और, शान को बढ़ाइये।
रानी झाँसी महाराणा, चंद्रशेखर हों जहाँ
पुण्य भूमि भारती के, पुत्र कहलाइए।।

राम कृष्ण गौतम के, वंशज हैं हम सब
वंश की परंपरा को, प्रेम से निभाइए
रावण पे बाण मारो, राम का आदर्श धारो
मर्यादा की सीमा रेखा, सब को सिखाइये।।

नदियाँ हों दूध भरी, हीरे मोतियों से जड़ी
वसुधा कुटुंबकम्, बीज उपजाइये।
भाषाओं में मेल बढ़े, आपस में नहीं लड़ें
एकता अनेकता में, भारत सजाइये।।

रखना है एक यदि अखंड अभेद देश
राष्ट्र भाषा मान प्रेम हिंदी अपनाइये
धर्म जाति भाषा प्रान्त, भेद नहीं करें यहाँ
भारत के वासी हम, गले लग जाइये।।

संतों का ये देश सजे, देवताई भेष बने
हर एक भारतीय, भारती कहाइये।

दुनिया के पटल में, नाम और काम दिखा
सपने हों सच सभी, काम कर जाइये।।

घनाक्षरी छन्द

राम तेरी धरती में, रावण आदर्श हुआ.
मर्यादा धूमिल हुई, कंस इठलाते हैं।
सत्ता में घुसे हैं धोबी, लांछन की पोथी लिए
सीता को आरोपी बता, सुमन खिलाते हैं।।
भारती के वीर सुनो, मेरे महावीर सुनो
दिन और तिथि शुभ, इनको उठाते हैं।
आज ही दशहरा में, नाश करें भ्रष्टता का
रावण के संग संग, इन्हें भी जलाते हैं।।

चौपाई छन्द

युवा ह्रदय में पीड़ा भारी। नफ़रत अग्नि रूप है धारी।।
देती है शिक्षा बेकारी। खालीपन है लगता भारी।।

देखे भ्रष्टाचार अपारा। कुंठित मन होता बेचारा।।
कुंठा ने है आग लगाई। नफ़रत की ज्वाला सुलगाई।।

बंद मुष्टिका सब हैं धारे। खड़े हुए अपने को मारे।।
धुआँ धुआँ है हर चौबारा। बुझते दीपक नर संहारा।।

युवा देश भविष्य बनाये। चिंता में माता अकुलाए।।
रोको इनको देश बचाओ। राह प्रेम की इन्हें दिखाओ।।

राष्ट्र प्रेम की धार बहाओ। पावक को शीतल कर जाओ।।
देश प्रेम ज्वाला बन जाए। आओ ऐसा दीप जलाएँ।।

आल्हा छन्द

भारत माँ को गाली देते, उन दुष्टों को डालो काट।
गूँगी बहरी दिल्ली सुनले, पढ़ना होगा तुझको पाठ।।

काशमीर या उनको देदो, या फिर सेना को दो छूट।
बहुत हुई है कूटनीति अब, सेना को करने दो सूट।।

रिक्त कराओ स्वर्ग हमारा, नहीं बचेगा कोई शेष।
देशद्रोहियों से अब कह दो, नहीं रहा ये तेरा देश।।

जलीं चिताएँ रणवीरों की, व्यर्थ नहीं जायेगी राख
वीरों पर अब मातम ना हो, कहीं देश की गिरे न साख।।

वीर शिवा के वंशज हम हैं, मार काट में तेरे बाप।
रक्तबीज तू मैं रण चंडी, जिव्हा मेरी लप लप लाप।।

हाफिज जैसे शुंभ निशुंभी, करले तू आतंकी हाट।
पी जाऊँगी रक्त पापियों, गर्दन काट लहू को चाट।।

आल्हा छन्द

कर्णधार को थप्पड़ मारा, दृश्य देखकर मन हैरान।
दिल में ज्वाला धधक उठी है, विकल हृदय हो रोते प्रान।

माँ के रक्षक धैर्यवान थे, पी जो गये जहर का प्याल।
मैं तो हूँ इक आम आदमी, अपमानित हूँ ठोकूँ ताल।

जागो जागो दो मुँह वाले, कब तक बात बात की होड़।
मैं तो कहता अब मत छोड़ो, पत्थर बाजों का सर फोड़।

भाई नहीं इन्हें तुम कहना, रिश्ता हो जाये बदनाम।
हिजड़ों के पत्थर के बदले, कर दो इनका कत्ले आम।

सहिष्णुता की बातों वालों, मर कर कहाँ छिपे हो आज।
रक्षक क्यों हो रहे प्रताड़ित, आई नहीं तुम्हें क्यों लाज।

काशमीर से इन्हें भगाओ, करो बोरिया बिस्तर गोल।
वरना अब ये नहीं बचेंगे, बोलो सैनिक हरहर बोल।

दुनिया की अब चिंता छोड़ो, इन दुष्टों को करो हलाल।
भूल बड़ी हम कर बैठे थे, दुष्टों को गोदी में पाल।

उनको कहते भाई अपना, जो नेता देकर व्याख्यान।
शरम करो हिजड़े नेताओं, दोगे कब तक सैनिक दान।

सहनशक्ति की सीमा टूटी, चीरहरण भारत की आन।
भारत माता तड़प उठी है, उठो राम लो धनु संधान।

आतंकी का मूल मिटा दो, कर्ण धार भारत के जाग।
शिव से नेत्र तीसरा माँगो, बरसाओ नजरों से आग।

पूरा पाकिस्तान जला दो, एक आणविक बम को डाल।
रहे बाँस ना बजे बाँसुरी, शह और मात आखिरी चाल।

आल्हा छंद

खबर उरी हमले की सुनकर, दुख का सागर करे हिलोर।
बदले की बस बातें शासन, करता है क्यों है कमजोर।।

मै भी सुत हूँ भारत माँ का, सह न सकूँगा ये अपमान।
आगे बढ़ बढ़ मारो इनको, अब मरने में समझो शान।।

चाहे हो जाए दुश्मन जग, हमको यह होगा मंजूर।
प्रश्न खड़ा है स्वाभिमान का, होंगे नहीं कभी मजबूर।।

इनको इनकी जात दिखा दो, नहीं समझते बोली प्यार।
खंड खंड कर इनकी भूमि, कर दो अब इनको लाचार।।

कुकुर सरीखे हैं आतंकी, टुकड़े टुकड़े कर दूँ ठाड़।
महाकाल की धरती भारत, नहीं बचेगा धड़ में हाड़।।

जागो जागो शंकर मेरे, माता बोली भर हुंकार।
पाकिस्तान में घुसकर अंदर, बेटे मेरे करो शिकार।।

बार बार की धमकी चमकी, बहुत हो गया वही बयान।
बाँस रहे ना बजे बाँसुरी, कर दो इनका काम तमाम।।

इनके घर के अंदर घुसकर, खून खून से करके तार।
माँ की पीड़ा करो दूर तुम, समझूँ मैंने पहना हार।।

आल्हा गीत - सर्जिकल स्ट्राइक पर

नाज हमें है तुम पर सेना, घुस कर अंदर बन विकराल।
नष्ट किया आतंकी अड्डा, बना हुआ था जो जंजाल।।

छिन्न भिन्न हो चूहे भागे, छोड़ सभी साधन संधान।
सेना तुम पर हमें गर्व है, जन जन करता स्वागत गान।।

सप्त अश्व सूरज के तुमने, सात छावनी किया प्रहार।
शांत हुआ अब मन माता का, बेटों ने पहनाया हार।।

नापाकी ऐ पाक समझ जा, मत चल तू गीदड़ की चाल।
भारत माँ पर नजर उठी तो, उधड़ पड़ेगी तन से खाल।।

जय जय जय हो भारत माता, माँ का ऋण हो सदा उधार।
एक नहीं सौ मस्तक काटूँ, चरणों में रख दूँ हर बार।।

ऋता शेखर 'मधु'

मोबाइल - 9334416488
इमेल - hrita.sm@gmail.com
पता - ऋता शेखर 'मधु', चित्रगुप्त नगर, पटना-800020

हरिगीतिका छन्द

वसुधा मिली थी भोर से जब, ओढ़ चुनरी लाल सी।
पनघट चली राधा लजीली हंसिनी की चाल सी।।
इत वो ठिठोली कर रही थी, गोपियों के साथ में।
नटखट कन्हैया उत छुपे थे, कंकड़ी ले हाथ में।।

भर नीर मटकी को उठाया, किन्तु भय था साथ में।
चंचल चपल इत उत निहारें, हों न कान्हा घात में।।
ये भी दबी सी लालसा थी, मीत के दर्शन करूँ।
उनकी मधुर मुस्कान पर निज, प्रीत को अर्पण करूँ।।

धर धीर, मंथर चाल से वो, मंद मुस्काती चली।
पर क्या पता था राधिके को, ये न विपदा है टली।।
तब ही अचानक, गागरी में, झन्न से कंकरी लगी।
फूटी गगरिया, नीर फैला, रह गई राधा ठगी।।

कान्हा नजर के सामने थे, राधिका थी चुप खड़ी।
अपमान से मुख लाल था अरु, आँख धरती पर गड़ी।।
बोलूँ न कान्हा से कभी मैं, सोच कर के वह अड़ी।
इस दृश्य को लख कर किसन की, जान साँसत में पड़ी।।

चितचोर ने झटपट मनाया, अब न छेड़ूँगा तुझे।
ओ राधिके, अब मान भी जा, माफ भी कर दे मुझे।।

झट से मधुर मुरली बजाई, वो करिश्मा हो गया।
मनमीत की मनुहार सुनकर, क्रोध सारा खो गया।।

मनुहार सुनकर साँवरे की, राधिका विचलित हुई।
हँसकर लजाई इस अदा पर, प्रीत भी बहुलित हुई।।
ये प्रेम की बातें मधुरतम, सिर्फ वो ही जानते।
जो प्रेम से बढ़ कर जगत में, और कुछ ना मानते।।

मीठी बयारों की छुअन से, पल्लवित हर पात है।
ना शीत है ना ही तपन है, बौर की शुरूआत है।।
मौसम सुहाना कह रहा है, कोकिलों, चहको जरा।
परिधान फूलों के पहनकर, ऐ धरा। महको ज़रा।।

लाडो सजी दुल्हन बनी है, नैन शर्मीले बने।
लाली हया की छा रही है, हाथ बर्फीले बने।।
जाना सजन के संग में है, यह विदा की रात है।
इन थरथराते से लबों पर, अनकही सी बात है।।

बाबुल नजर के सामने हैं, नत नयन से वह खड़ी।
जाना जरूरी क्यों बताओ, कौन सी आई घड़ी।।
लाडो, नियम संसार का यह, अब वही तेरा जहाँ।
माता-पिता की लाज रखना, खुश सदा रहना वहाँ।।

भारत वतन समभाव का है, हैं विविध से गीत भी।
सद्भाव बहता है रगों में, है दिलों में प्रीत भी।।
आजान गूँजे मस्जिदों में, मंदिरों में घंटियाँ।
मीठा मधुर संगीत बन के, भाव प्यारा हो बयां।।

लावणी छन्द

मोहन के माथे केशों की, अवली बड़ी निराली है।
हौले हौले खेल खेल कर, पवन हुई मतवाली है।

थिरक रही अधरों पर बंसी, तन्मय झूम रही गइया।
निरख मोहिनी छवि कान्हा की, ममता लुटा रही मइया।।

रचकर लाली हाथों में तुम, ज़ुल्फ़ें यूँ बिखराती हो।
बादल की बूँदों से छनकर, इंद्रधनुष बन जाती हो।
चमका सूरज बिंदी बनकर, संगीत सुनाये कँगना।
करता जगमग तुलसी चौरा, तुम से ही चहके अँगना।।

कुण्डलिया

सावन आया झूमकर, नाचे है मन मोर।
नभ में बादल घूमते, खूब मचाते शोर।।
खूब मचाते शोर, गीत खुशियों के गाते।
तितली भँवरे बाग़, हृदय को हैं हुलसाते।।
झरनों का मधु राग, लगे है सुन्दर पावन।
नाचे है मन मोर, झूमकर आया सावन।।

तरसे हैं इक बूँद को, महानगर के प्रांत।
सूखी धरती चीखती, नदिया दिखती शांत।।
नदिया दिखती शांत, विकल हैं पौधे सारे।
सिसके प्यासे कंठ, वृद्ध बालक भिनसारे।।
गगन रहा है ताक, मेघ बिन कैसे बरसे।
हरियाली से हीन, मनुज पानी को तरसे।।

किलकारी रौशन रहे, ऐसा बने प्रयास।
बालक हो या बालिका, सबको मिले मिठास।।
सबको मिले मिठास, सृष्टि को दोनों प्यारे।
दें कन्या को मान, हर्ष से हक़ दें सारे।।
पाकर पानी खाद, महक जाती फुलवारी।
सम पालन की रीत, रखे रौशन किलकारी।।

हिन्दी भाषा में उगी, कविताओं की पौध।
सजे हुए हैं शाख पर, पन्त गुप्त हरिऔध।।
पन्त गुप्त हरिऔध, महादेवी जयशंकर।
जायसी कालिदास, रहीम सुभद्रा दिनकर।
तुलसी जी के राम, कृष्ण लीला कालिन्दी।
पा उन्नत साहित्य, फूलती फलती हिन्दी।।

तोटक छंद

मनु के मन में जब आस रही।
हर बात तभी कुछ खास रही।
उर में बहती नित प्रेम सुधा,
जग में हर भोर प्रभास रही।

लिखना कविता रसधार सखे।
उतरे दिल के उस पार सखे।
मिलते जब कंटक जीवन में,
बन औषध दे यह सार सखे।

रहता जिनके मन खोट नहीं।
उनको सच से कुछ ओट नहीं।
समभाव रहे सुख या दुख में,
दिल को लगती फिर चोट नहीं।

मनहरण घनाक्षरी

पीत पुष्प-हार में नख शिख श्रृंगार में,
शीतल बयार में बासंती उल्लास है।
कली-दल खुल रहे भँवरे मचल रहे,
डाल डाल पात पात प्रेम का प्रभास है।
खिल रहे पलाश से गगन लालिमा बढ़ी,
अमराई की गंध में बौर का विन्यास है।

दर्पण इतरा रहे सजनी के रूप पर,
सखियों संग झूले में प्रीत गीत रास है।

विधाता छन्द आधारित मुक्तक

भरोसे में बड़ी ताकत, विजयपथ पर बढ़ाता है।
खुशी संतुष्टि जीवन में हमें रविकर दिलाता है।
मगर विश्वास खुद पर हो तभी ताकत मिले वरना।
भरोसा गैर पर करना हमें निर्बल बनाता है।।

बदन का रोग तो अपना, मगर तकलीफ़ बहुतेरी।
वनौषधि गैर सी लेकिन, भलाई कर गयी मेरी।
भलाई चाहने वाला पराया शख्स भी अपना।
बुरा चाहे अगर अपना, भगाओ दूर बिन देरी।।

खुशी तो हड़बड़ी में थी, घड़ी भर भी नहीं ठहरी।
मगर गम को गजब फुरसत, करे वो मित्रता गहरी।
उदासी बन गयी दासी दबाये पैर मुँह बाये।
बिताये ऊँघती किस्मत, कटे काटे न दोपहरी।।

असहमत पर हुआ सहमत, तरीके से निभाता हूँ।
क्षमा कर दूँ क्षमा माँगूँ, सदा रिश्ते बचाता हूँ।
जरा सा ही जहर काफी, जहाँ पर मौत की खातिर।
वहीं नित जिंदगी को मैं, जहर पी पी नचाता हूँ।।

किताबी ज्ञान से पहले सभी संस्कार सीखो जी।
अजी व्यापार से पहले भला व्यवहार सीखो जी।
करो भगवान से पहले, अगर माँ बाप की पूजा।
मुसीबत दूर भागेगी, नहीं तकरार सीखो जी।।

चोवा राम 'बादल'

मोबाइल - 9926195747
पता - ग्राम पोस्ट-हथबंद (रेल्वे स्टेशन) वि.ख. - सिमगा,
जिला - बलौदा बाजार भाटापारा (छग) 493113

सरसी छन्द - वन्दना

जय लम्बोदर विघ्न विनाशक, विघ्नेश्वर गणराज।
विनय सुनो प्रभु कृपा दृष्टि दो, शुभ शुभ हो सब काज।।

गौरी मातु पिता त्रिपुरारि, कार्तिक के लघु भ्रात।
प्रथम पूज्य देवों में तुम हो, सकल भुवन विख्यात।।

मोदक प्रिय है मूषक वाहन, हस्ती जैसे कान।
अगर तिलक शोभित मस्तक में, एकदन्त भगवान।।

चतुर्भुजी प्रभु अंकुश धारी, देते विमल विवेक।
वरमुद्रा से भक्त जनों का, हरते विघ्न अनेक।।

रिद्धि सिद्धि के हो तुम स्वामी, गणपति मंगल मूल।
सदन बसे शुभ लाभ हमारे, क्षमा करो सब भूल।।

सार छंद - नव पीढ़ी के बच्चे

देर रात तक जागा करते, नव पीढ़ी के बच्चे।
सिर पर लादे ज्ञान पिटारा, सेहत से हैं कच्चे।।

आठ बजे सोकर उठते हैं, तन मन से अलसाये।
अस्त व्यस्त दिनचर्या उनकी, कौन उन्हें समझाये।।

तली भूनी चीजें हैं खाते, सादा भोजन छोड़ें।
मोबाइल में खेल खेलते, कसरत से मुँह मोड़े।।

ध्यान योग की बात करो तो, तत्क्षण मुँह बिचकाते।
छोटा मोटा काम कहो तो, फुर्ती नहीं दिखाते।।

बड़े बुजुर्गों के अनुभव का, लाभ नहीं ले पाते।
दादा जी के संग घूमने, कहीं नहीं वे जाते।।

दादी माँ भी चुप रहती है, किस्सा किसे सुनाये।
थक जाती है पास बुलाती, खाई कौन मिटाये।।

बच्चों के लालन पालन में, ध्यान हमें है देना।
नवयुग का विषदंत गड़े तो, डंक डाह हर लेना।।

उर्वर बुद्धि वाला बच्चा, सेहत मन्द सलोना।
बहुत अहम है उसके रग में, संस्कारों का होना।।

आल्हा छन्द - झाँसी की रानी

पीठ बाँध दामोदर को वह, बैठ अश्व में थाम लगाम।
किला त्याग बाहर वह निकली, करने भीषणतम संग्राम।।

गाजर मूली सी काट रही थी, रानी लक्ष्मी की तलवार।
गोरे थर थर काँप रहे थे, सुन सुनकर उनकी ललकार।।

काट काट दुश्मन का गर्दन, पल में बहा रुधिर की धार।
युद्धभूमि में रणचण्डी सी, मचा रही थी हाहाकार।।

पवन वेग से जिधर दौड़ती, लग जाता मृतकों का ढेर।
मारो मारो चिल्लाते गोरे, मर्दानी रानी को घेर।।

तड़ तड़ तड़ चलती थी गोली, घन गर्जन करते थे तोप।
झाँसी की रानी लड़ती थी, बरसाती आँखों से कोप।।

भर हुंकार वह जिधर देखती, शत्रु सेना होती भस्म।
जैसे काली निभा रही हो, मृत्यु पर्व का कोई रस्म।।

घेरा तोड़ बढ़ी जब रानी, पीछे में थे शत्रु अनेक।
सरपट घोड़ा दौड़ रहा था, आगे आया नाला एक।।

अड़ गया रानी का घोड़ा, पानी देख हुआ भयभीत।
खेल नियति ने ऐसा खेला, हो गई दशा सब विपरीत।।

रानी को लग गई गोली, हुआ शीश में घातक वार।
मातृभूमि हित लड़ते लड़ते, चली गई तजकर संसार।।

रामबाग में साधुजनों ने, शव का किया दाह संस्कार।
गूँज उठी फिर धरा धाम में, लक्ष्मी बाई की जयकार।।

धन्य धन्य झाँसी की रानी, तुझको बारम्बार प्रणाम।
वसुंधरा में अमर रहेगा, युगों युगों तक तेरा नाम।।

कुण्डलिया छन्द - चेहरा

मन का दर्पण चेहरा, दिखता अंतस भाव।
मन को भाई साध कर, ठीक करो सब घाव।।
ठीक करो सब घाव, क्रोध ईर्ष्या को त्यागो।
दुर्गुण कालिख पोंछ, दूर व्यसनों से भागो।।
निर्मल बना स्वभाव, रोग सब हर लो तन का।
आडम्बर को छोड़, जपो जी माला मन का।।

भुजंगप्रयात छन्द - समय

सहेजो मुझे मैं कली सा खिला हूँ।
बताओ सभी को बराबर मिला हूँ।
अभी आज को जो भुनाया बढ़ेगा।
रहे टालते तो सजा भी मिलेगा।।

नहीं चूक जाना गले से लगाओ।
जहाँ भी दिखूँ आँख में जी बिठाओ।
वही दीप हूँ मैं दिवाली मनाओ।
उजाला भरो कालिमा को मिटाओ।।

शक्ति छन्द - शहीद

कटा सिर मगर वह झुकाया नहीं।
कभी पीठ पीछे दिखाया नहीं।
सिपाही सदा के लिए सो गया।
बहा रक्त अपना अमर हो गया।।

नहीं व्यर्थ होगी शहादत कभी।
उगेगा नया सूर्य देखो अभी।
तिरंगा गगन चूम लेगा जहाँ।
कहानी शहीदी पढ़ेंगे वहाँ।।

त्रिभंगी छन्द - नेता

देखो वह नेता, धन हर लेता, थैली भरता, धाक जमा।
भाषण बस झाड़े, खूब लताड़े, पैसों के बल नाम कमा।
करवा कर दंगा, डाल अड़ंगा, जाप करे नित, बोल हरे।
गिरगिट सा बनकर, रंग बदल कर, आँसू बहाता, पाप करे।।

सब को लड़वा कर, आग लगा कर, गुलछर्रे ये उड़ा रहे।
इनको मत छोड़ो, गर्दन तोड़ो, भ्रष्ट आचरण बहुत सहे।

जप्त करो धन, हर्षित हो जन, दीन जनों की भूँख मिटे।
व्याकुल है भारत, जन मन आरत, पिछड़े पन का दाग हटे।।

हरि गीतिका छन्द - माँ भारती

गाता रहूँ मैं सिर झुका, माँ भारती की आरती।
है जन्म भू अमरावती, नित मातु सम जो पालती।
जंगल सघन अनुपम चमन, खिलती जहाँ हँसती कली।
है हिम शिखर रक्षक बना, सागर पढ़े विरुदावली।।

देती विमल वरदान सब, गोदी पला भगवान है।
गंगा यमी गोदावरी, करतीं सदा कल्याण है।
आँचल हरित शोभा ललित, झंकृत मधुर पदचाप है।
तव पद कमल को कर नमन, माँ मिट रहा संताप है।।

विधाता छन्द - गाँव में

कभी सोचा करो भाई, सफाई का जमाना है।
हमें भी गाँव को देखो, अजी सुंदर बनाना है।
चलो कूड़ा हटायेंगे, गली को भी बुहारेंगे।
खुले में शौच है गंदा, नहीं कोई नकारेंगे।।

सड़ा पानी भरा गड्ढा, बिमारी का न डेरा हो।
अँधेरा हो नहीं भाई, उजाले में बसेरा हो।
दवाखाना यहाँ भी हो, यहाँ जी पाठशाला हो।
निरोगी हों सभी बच्चे, ख़ुशी का बोलबाला हो।।

ज्योत्स्ना प्रदीप

मोबाइल - 9872711719
ईमेल - jyotsanapardeep@gmail.com
पता - मकान संख्या- 32, गली संख्या-9, न्यू गुरु नानक नगर
जालंधर-144013

सरस्वती वंदना (चौपाई)

अखिल जगत की अधिष्ठात्री हो, जननी जग की औधात्री हो।
तेजोमय हो अमिट जोत हो, स्नेह राग से ओतप्रोत हो।

मंजुल, सुंदर, ललित, कलित हो, तर देती जब मनुज भ्रमित हो।
धवल वसन में शशि मुख चमका, शुभ्र ज्योत्स्ना सीपिज ज्यों दमका।

विद्यारूपे श्लोक-मंत्र में, तेरी लय हर वाद्य यंत्र में।
वेद, ॠचा हर मधु प्रसाद सा, आखर-आखर ताल नाद सा।

हे शुभदे तुम नभ -भूतल में, नग, पर्वत में, सागर जल में।
अमिट मधुर सी इक सरगम है, हर पल तेरा आराधन है।

जग छल से माँ आँसू छलके आँखें ना ही दोषी पलकें।
तुम से ही तो जीवन शोभित कभी नहीं हो सुख ये कीलित।

जीवन जब भी सघन निशा है, तेरे पग-तल दिव्य -दिशा है।
मिटे तिमिर वो विमल छंद दो, महातारिणी महानंद दो।

भारत माँ ने आँखें खोलीं (चौपाई)

भारत माँ ने आँखें खोलीं, देखो वो भी कुछ तो बोली।
बालक मेरे हैं अवसादित, पथ ना जानें क्यों हैं बाधित।

वसुधा वीरों की मुनियों की, ज्ञान कोष थामें गुनियों की।
कोई तो था प्रभु का साया, कोई गंगा भू पर लाया।

संतानें अब बदल गई हैं, माँ की आँखें सजल भई हैं।
निकलो अपनी हर पीड़ा से, खुद को सुख दे हर क्रीड़ा से।

कुटिया चाहे ठौर बनाना, घी का चाहे कौर न खाना।
पावनता को अपनाना है, नवयुग सुख का फिर लाना है।

किरणें थामे नैन कोर हो, सबकी अपनी सुखद भोर हो।
बनना खुद के भाग्य विधाता, आस लगाये भारत माता।

जल (चौपाई)

कितना प्यारा निर्मल जल है। वर्तमान है, इससे कल है।।
घन का देखो मन उदार है। खुद मिट जाता जल अपार है।।

ज्यों गुरु माता ज्ञान छात्र को।नदियाँ भरती सिन्धु-पात्र को।।
सागर कितना तरल -सरल था। निज सीमा में इसका जल था।।

मानव की जो थीं सौगातें। अब ना करतीं मीठी बातें।।
सागर झरने नदी ताल ये। कभी सुनामी कभी काल ये।।

दुख से भरती भोली अचला। कैसा जल ने चोला बदला।।
धर्म -कर्म हम भुला रहे हैं। सुख अपने खुद सुला रहे हैं।।

मिलकर सब ये काम करें हम। आओ इसका मान करें हम।।
जल को फिर से सुधा बनाओ। जल है जीवन, सुधा बचाओ।।

हरियाली का करो नहीं वध (चौपाई)

पादप अपने हैं ऋषि-मुनि से। कभी देवता कभी गुनीं से।।
योगी जैसे सब कुछ त्यागे। इनसे ही तो हर सुख जागे।।

सुमन दिये हैं दी है पाती। नसों -नसों पर चली दराँती।।
सब रोगों की हैं ये बूटी। फिर भी श्वासें इनकी लूटी।।

सखा कभी ये कभी पिता है। सबकी इनसे सजी चिता है।।
मानव -काया ख़ाक बनी जब। इनकी काया राख बनी तब।।

मानव तेरी नव ये नस्लें। झुलसाई हैं इसने फसलें।।
वध हैं करते बल से छल से। डरे न आने वाले कल से।।

हरियाली का करो नहीं वध। भूल न मानव तू अपनी हद
जीवन को ना बोझ बनाओ। पौधे रोपें मिलकर आओ।।

आँसू (चौपाई)

नयन सलोने भरे नीर से, बोल रहे हैं भरी पीर से।।
क्यों आँसू को बेघर करती, खुद मन में पर इनको झरती।।

आँसू की जननी है पीड़ा, करती है पर कैसी क्रीड़ा।।
जनम दिया पर तज देती है, आँखों के पथ रज देती हैं।।

आँसू का बस दोष बता दो, रहे जहाँ ये वही पता दो।।
आँखों से ये बह जाते हैं, मौन व्यथा पर कह जाते हैं।।

आँसू जल का जीवन न्यारा, नयनों चमके मानों तारा।।
ये भी जीवन के बलिदानी, दूजों की पीड़ा के मानी।।

दिव्य - बिंदु (चौपाई छन्द)

नभ, गिरि, कानन तुम वसुधा हो, जनम - जनम की तीव्र क्षुधा हो।।
रजत- चाँद हो तपस स्वर्ण से, नील कमल के सरल पर्ण से।।

तुम हो बादल शांत -सिंधु से, पार न कुछ हो दिव्य - बिंदु से।।
नयन अमिय को तुम छलकाते, करुणा पाकर कर जुड़ जाते।।

शिशु की कोमल किलकारी हो, सुरभित कुसुमों की क्यारी हो।।
जानें अब किस देश बसे हो, किस नाते में हमें कसे हो।।

जग में जितना रहता छल है, इन आँखों से गिरता जल है।।
मन ना लगता है इस जग में, मन में रख लो या फिर दृग में।।

छल सपने का (मौक्तिमाला छन्द)

चैन चुराये मधुकर मोरा, सावन लाया सरस-कटोरा।
भीग रहा रे तन -मन सारा, देख सखी तू कल-कल धारा।

सावन आया, सरगम छाई, गीत बने है पिय हरजाई।
बादल भी तो बरस रहा है, देख जिया तो तरस रहा है।

कंगन, टीका रुनझुन गाये, देख सखी री पिय घर आये।
बाँह मरोड़ी झटपट मोरी, लाज सजी रे मुख पर तोरी।

ये बस था रे छल सपने का, लोचन में रे जल अपने का।
आग लगाके दिनकर जाता, प्रेम लिए ना निशिकर आता।

नींद सदा ही निशिकर लूटे, मोहन मेरे अब तक झूठे।
आस लजाये पल -पल भारी, कौन सुनाये सरगम प्यारी।

प्रमाणिका छन्द - महातपा

सिया बड़ी उदास है।
न आस है न श्वास है।।
अशोक के तले रही।
व्यथा कहाँ कभी कही।।

सभी लगे विशाल थे।
बड़े कई सवाल थे।।
पिया- पिया पुकार के।
सिया थकी न हार के।।

पिया, पिता न साथ रे।
कहाँ अजेय नाथ रे।।
धरा-सुता जया बड़ी।
समेट पीर की घड़ी।।

सहें कहे न वेदना।
हिया, जिया न भेदना।
पिया- पिया सदा जपा।
सुकोमला महातपा।।

रहे सभी डरे -डरे।
सदेह भी मरे- मरे।।
रक्षा करे सम्मान की।
बड़ी महान जानकी।।

तारकेश्वरी तरु 'सुधि'

मोबाइल - 9414455223
ई मेल - tarkeshwariy@gmail.com
पता - तारकेश्वरी यादव c/o सूरजमल मीणा, इंद्रा कॉलोनी,
वार्ड नं -1, जोबनेर, जयपुर, 303329

कुण्डलिया छन्द

1 धरनी

धरनी नीचे तप रही, ऊपर तीखी धूप।
पेड़ जमीं से लुप्त है, बिगड़ा भू का रूप।
बिगड़ा भू का रूप, कट रहे हैं नित जंगल।
मौसम का बदलाव, नहीं है दूर अमंगल।
मौसम है प्रतिकूल, वजह मानव की करनी।
देख मनुज के कृत्य, काँपती है यह धरनी।।

2 भूख

विरहानल की आग हो, या गर्मी की मार।
उदरानल के सामने, सब बातें बेकार।।
सब बातें बेकार, उदर जब व्याकुल होता।
भूल प्यार-संसार, मनुज रोटी को रोता।
कहती है 'सुधि' भूख, करे जब मन को पागल।
नहीं तपाती धूप, भूल जाते विरहानल।।

3 शब

दामन में तारे सजा, टिका भाल पर चाँद।
पिय से मिलने चल पड़ी, शब दीवारें फाँद।

शब दीवारें फाँद, रात भर उसको चलना।
रहता बस यह याद, पिया से उसको मिलना।
तय कर लम्बी राह, मिलेगा उसको साजन।
देगा खुशियाँ खूब, भरेगा उसका दामन

4 बिरहन

चुपके से खत खोलकर, बाँचा सारी रात।
बिरहन के मन की व्यथा, किसे पता जज़्बात।
किसे पता जज्‌बात, रात सारी क्यों जागी।
सुन कोई पदचाप, देहरी तक क्यों भागी।
उमड़ पड़ा सैलाब, देख सखियों को हँसते।
मुस्काई कर याद, पिया की बातें चुपके।

5 नारी

नारी घर की शान है, नारी ही पहचान।
घर के इस आधार से, कौन यहाँ अनजान।।
कौन यहाँ अनजान, काज हँसकर कर जाती।
नारी धर बहु रूप, सदा खुशियाँ बरसाती।
कहती है 'सुधि' बात, दूर हो विपदा भारी।
बन जाती है ढाल, बचाती घर को नारी।।

6 इंसानी बदलाव

विषधर, बिच्छू जा छुपे, खा गर्मी की मार।
कुछ इंसानों ने लिया, उनका यह व्यापार।।
उनका यह व्यापार, रंग गिरगिट सा पाकर।
करते पीछे वार, गले से हमें लगाकर।
सोच-समझ विश्वास, करो तुम 'सुधि' सँभलकर।
वरना देंगे त्रास, तुम्हे इंसानी विषधर।।

7 गुरु

गुरुवर मुझको आपने, दिया कीमती ज्ञान।
हर पल रहती है मुझे, बात आपकी ध्यान।
बात आपकी ध्यान, मुझे इक दिन बतलाई।
हर कर मन की पीर, राह मुझको दिखलाई।
कहती है सुधि बात, आप हो कोई तरुवर।
देना जिनका काम, ज्ञान दो मुझको गुरुवर।

8 राजस्थान

राजस्थानी यह धरा, भारत माँ की शान।
गौरव जहाँ प्रताप का, गोरा का बलिदान।।
गोरा का बलिदान, जहाँ जौहर की ज्वाला।
हुई जहाँ कुर्बान, आन पर कृष्णा बाला।
माता पन्ना धाय, अमर हाडा की रानी।
है वीरों का तीर्थ, धरा यह राजस्थानी।।

9 कश्मीर

भारत का सिरमौर है, जन्नत है कश्मीर।
आतंकी उत्पात से, झेल रहा पर पीर।।
झेल रहा पर पीर, सकल आतंकी साया।
शालीमार-निसात, झील डल का मुरझाया।
आधा पाक अधीन, सकल फैली है दहशत।
कब तक चुप-लाचार, रहेगा अपना भारत।

10 वक्त

थोड़ा भी चूके अगर, श्रम करने से आज।
रख देगा ये वक्त भी, किसी और सिर ताज।।
किसी और सिर ताज, देखकर मन रोयेगा।

होगा फिर संताप, चैन अपना खोयेगा।
जिसने श्रम का हाथ, थाम 'सुधि' नाता जोड़ा।
उसको आखिरकार, मिला ज्यादा या थोड़ा।

11प्रीत

रोके से रुकता नहीं, कभी प्रीति का भाव।
ये खुद ही पहुँचे वहाँ, मिलता जहाँ सुभाव।
मिलता जहाँ सुभाव, वहीं पर घर कर जाए।
कर देता मन मुग्ध, दिला ें को ये हरषाए।
कब मिलते हर बार, सभी को ऐसे मौके।
सबका दिल लो जीत, न रुकना, कोई रोके।

12 कृषक

पालनहारा है कृषक, लेकिन खुद कृषकाय।।
भूख मिटाकर जगत की, रूखी -सूखी खाय।
रूखी -सूखी खाय, कर्ज॰ से दब-दब जाता।
आखिर वो थक हार, मौत को गले लगाता।।
सुधि' गर्मी की मार, कभी ओले, जलधारा।
क्या ें बेबस, मज़बूर, हमारा पालनहारा।

13 भ्रष्टाचार

भ्रष्टाचारी बढ़ गये, फैला रहे विकार।
उन्ह ें स्वार्थ के सामने, लगता सब बेकार।
लगता सब बेकार, काम ले-देकर करते।
दो नम्बर का माल, तिजोरी म ें है भरते।
कहती है सुधि आज, त्रस्त है जनता सारी।
कर ें खोखला देश, नित्य ही भ्रष्टाचारी।

14 बाल मज़दूर

सपने सारे छीनकर, भूख बनाती हीन।
पढ़ने -लिखने की उमर, गुज़रे कचरा बीन।
गुज़रे कचरा बीन, व्यर्थ बचपन हो जाता।
नंगा तन औ' भूख, वक़्त बेबस कर जाता।
इनके 'सुधि 'अधिकार, ख़्वाब इनके हैं अपने।
पकड़ो इनका हाथ, ख़ाक में मिलें न सपने।

15 आँगन

आँगन में जब खींच दी, पुत्रों ने दीवार।
मात-पिता को ये लगा, अब जीवन बेक़ार।
अब जीवन बेक़ार, उम्र भर जिसको पोसा।
देता मन को घाव, तोड़कर सहज भरोसा।
कहती है सुधि आज, बहुत आहत इनका मन।
फिर भी मन में आस, न बँटने पाये आँगन।

16 होली

सजकर आता फ़ाग सँग, होली का त्यौहार।
चहूँ ओर बाजार में, रंगो का अंबार।
रंगों का अंबार, उड़ा कर हम हर्षाते।
धोकर मन का मैल, गले हम सब मिल जाते।
सिखलाते सुधि रंग, सभी को जीना हँसकर।
तज दो मन से बैर, रहेगा जीवन सजकर।

त्रिलोक सिंह ठकुरेला

मोबाइल - 09460714267
ई -मेल - trilokthakurela@gmail.com
पुस्तकें - नया सवेरा (बाल-साहित्य), काव्यगंधा (कुण्डलिया संग्रह)
पता - बँगला संख्या- 99, रेलवे चिकित्सालय के सामने,
आबू रोड -307026, जिला - सिरोही (राजस्थान)

कुण्डलियाँ छन्द

जिनकी कृपा कटाक्ष से, प्रज्ञा, बुद्धि, विचार।
शब्द, गीत, संगीत, स्वर, विद्या का अधिकार।।
विद्या का अधिकार, ज्ञान, विज्ञान, प्रेम -रस।
हर्ष, मान, सम्मान, सम्पदा जग की सरबस।
'ठकुरेला' समृद्धि, दया से मिलती इनकी।
मंगल सभी सदैव, शारदा प्रिय हैं जिनकी।।

सोना तपता आग में, और निखरता रूप।
कभी न रुकते साहसी, छाया हो या धूप।।
छाया हो या धूप, बहुत सी बाधा आयें।
कभी न बनें अधीर, नहीं मन में घबराएँ।
'ठकुरेला' कविराय, दुखों से कैसा रोना।
निखरे सहकर कष्ट, आदमी हो या सोना।।

नारी का सौन्दर्य है, उसका सबल चरित्र।
आभूषण का अर्थ क्या, अर्थहीन है इत्र।।
अर्थहीन है इत्र, चन्द्रमा भी शरमाता।
मुखमण्डल पर तेज, सूर्य सा शोभा पाता।
'ठकुरेला' कविराय, पूछती दुनिया सारी।
पाती मान सदैव, गुणों से पूरित नारी।।

रत्नाकर सबके लिए, होता एक समान।
बुद्धिमान मोती चुने, सीप चुने नादान।।
सीप चुने नादान, अज्ञ मूँगे पर मरता।
जिसकी जैसी चाह, इकट्ठा वैसा करता।
'ठकुरेला' कविराय, सभी खुश इच्छित पाकर।
हैं मनुष्य के भेद, एक सा है रत्नाकर।।

होता है मुश्किल वही, जिसे कठिन लें मान।
करें अगर अभ्यास तो, सब कुछ है आसान।।
सब कुछ है आसान, बहे पत्थर से पानी।
यदि खुद करे प्रयास, मूर्ख बन जाता ज्ञानी।
'ठकुरेला' कविराय, सहज पढ़ जाता तोता।
कुछ भी नहीं अगम्य, पहुँच में सब कुछ होता।।

थोथी बातों से कभी, जीते गये न युद्ध।
कथनी पर कम ध्यान दे, करनी करते बुद्ध।।
करनी करते बुद्ध, नया इतिहास रचाते।
करते नित नव खोज, अमर जग में हो जाते।
'ठकुरेला' कविराय, सिखातीं सारी पोथी।
ज्यों ऊसर में बीज, वृथा हैं बातें थोथी।।

भातीं सब बातें तभी, जब हो स्वस्थ शरीर।
लगे बसंत सुहावना, सुख से भरे समीर।।
सुख से भरे समीर, मेघ मन को हर लेते।
कोयल, चातक मोर, सभी अगणित सुख देते।
'ठकुरेला' कविराय, बहारें दौड़ी आतीं।
तन, मन रहे अस्वस्थ, कौन सी बातें भातीं।।

हँसना सेहत के लिए, अति हितकारी मीत।
कभी न करें मुकाबला, मधु, मेवा, नवनीत।।
मधु, मेवा, नवनीत, दूध, दधि, कुछ भी खायें।
अवसर हो उपयुक्त, साथियो हँसे - हँसायें।

'ठकुरेला' कविराय, पास हँसमुख के बसना।
रखो समय का ध्यान, कभी असमय मत हँसना।।

चलते चलते एक दिन, तट पर लगती नाव।
मिल जाता है सब उसे, हो जिसके मन चाव।।
हो जिसके मन चाव, कोशिशें सफल करातीं।
लगे रहो अविराम, सभी निधि दौड़ी आतीं।
'ठकुरेला' कविराय, आलसी निज कर मलते।
पा लेते गंतव्य, सुधीजन चलते चलते।।

धीरे धीरे समय ही, भर देता है घाव।
मंजिल पर जा पहुँचती, डगमग होती नाव।।
डगमग होती नाव, अंततः मिले किनारा।
मन की मिटती पीर, टूटती तम की कारा।
'ठकुरेला' कविराय, खुशी के बजें मजीरे।
धीरज रखिये मीत, मिले सब धीरे धीरे।।

तिनका तिनका जोड़कर, बन जाता है नीड़।
अगर मिले नेतृत्व तो, ताकत बनती भीड़।।
ताकत बनती भीड़, नये इतिहास रचाती।
जग को दिया प्रकाश, मिले जब दीपक, बाती।।
'ठकुरेला' कविराय, ध्येय सुन्दर हो जिनका।
रचते श्रेष्ठ विधान, मिले सोना या तिनका।।

बढ़ता जाता जगत में, हर दिन उसका मान।
सदा कसौटी पर खरा, रहता जो इंसान।।
रहता जो इंसान, मोद सबके मन भरता।
रखे न मन में लोभ, न अनुचित बातें करता।
'ठकुरेला' कविराय, कीर्ति - किरणों पर चढ़ता।
बनकर जो निष्काम, पराये हित में बढ़ता।।
यह जीवन है बाँसुरी, खाली खाली मीत।

श्रम से इसे सँवारिये, बजे मधुर संगीत।।
बजे मधुर संगीत, ख़ुशी से सबको भर दे।
थिरकें सब के पाँव, हृदय को झंकृत कर दे।
'ठकुरेला' कविराय, महकने लगता तन मन।
श्रम के खिलें प्रसून, मुस्कराता यह जीवन।।

छाया कितनी कीमती, बस उसको ही ज्ञान।
जिसने देखे हों कभी, धूप भरे दिनमान।।
धूप भरे दिनमान, फिरा हो धूल छानता।
दुख सहकर ही व्यक्ति, सुखों का मूल्य जानता।
'ठकुरेला' कविराय, बटोही ने समझाया।
देती बड़ा सुकून, थके हारे को छाया।।

जीवन के भवितव्य को, कौन सका है टाल।
किन्तु प्रबुद्धों ने सदा, कुछ हल लिये निकाल।।
कुछ हल लिये निकाल, असर कुछ काम हो जाता।
नहीं सताती धूप, अगर सर पर हो छाता।
'ठकुरेला' कविराय, ताप काम होते मन के।
खुल जाते हैं द्वार, जगत में नव जीवन के।।

जीवन जीना है कला, जो जाता पहचान।
विकट परिस्थिति भी उसे, लगती है आसान।।
लगती है आसान, नहीं दुःख से घबराता।
ढूँढें मार्ग अनेक, और बढ़ता ही जाता।
'ठकुरेला' कविराय, नहीं होता विचलित मन।
सुख-दुख, छाया-धूप, सहज बन जाता जीवन।।

बोता खुद ही आदमी, सुख या दुख के बीज।
मान और अपमान का, लटकाता ताबीज।।
लटकाता ताबीज, बहुत कुछ अपने कर में।
स्वर्ग, नर्क निर्माण, स्वयं लेता घर में।
'ठकुरेला' कविराय, न सब कुछ यूँ ही होता।

बोता स्वयं बबूल, आम भी खुद ही बोता।।

ताकत ही सब कुछ नहीं, समय समय की बात।
हाथी को मिलती रही, चींटी से भी मात।।
चींटी से भी मात, धुरंधर धूल चाटते।
कभी कभी कुछ तुच्छ, बड़ों के कान काटते।
'ठकुरेला' कविराय, हुआ इतना ही अवगत।
समय बड़ा बलवान, नहीं धन, पद या ताकत।।

आ जाते हैं जब कभी, मन में बुरे विचार।
उन्हें ज्ञान के खड्ग से, ज्ञानी लेता मार।।
ज्ञानी लेता मार, और अज्ञानी फँसते।
बिगड़ें उनके काम, लोग सब उन पर हँसते।
'ठकुरेला' कविराय, असर अपना दिखलाते।
दुख की जड़ कुविचार, अगर मन में आ जाते।।

करता रहता है समय, सबको ही संकेत।
कुछ उसको पहचानते, पर कुछ रहें अचेत।।
पर कुछ रहें अचेत, बंद कर बुद्धि -झरोझा।
खाते रहते सिर्फ, वही पग पग पर धोखा।
'ठकुरेला' कविराय, मंदमति हर क्षण डरता।
जिसे समय का ज्ञान, वही निज मंगल करता।।

दिनेश रविकर

मोबाइल - 8521396185
ईमेल - dcgpth@gmail.com
पता - दिनेश चंद्र गुप्ता, (STA, IIT धनबाद) मवई चौराहा,
जिला फ़ैजाबाद, उत्तरप्रदेश

मत्तगयन्द सवैया

चीर चुराय चढ़े तरु पे यमुना तट पे जब ग्वालिन न्हावै।
चीर रहे जब भीम शरीर खड़े तरकीब करीब बतावैं।
चक्र चलाय हुवे जखमी द्रुपदी ढिग चीर शरीर बंधावैं।
चीर हरे दरबार भरे तब मोहन चीर अपार बढ़ावै।

विधाता छंद

निरोगी देह इक दिन में, पचा खाना करे बाहर।
वहीं जब चार घंटे में निकाले जल बदन अक्सर।
नहीं जब रोक कर साँसे मिनट भर रख सका रविकर
घृणा दुख क्रोध ईर्ष्या फिर भरे क्यों व्यक्ति का अन्तर।।

मुक्तक छन्द

कोई कहाँ सम्पूर्ण है, स्वीकार रिश्ते कीजिए।
हर एक रिश्ते को सदा सम्मान समुचित दीजिए।
संसार में तो मात्र जूतों की बनें जोड़ी सही।
जोड़ी बनाई ईश ने तो स्वाद मीठा लीजिए।।

विजयदशमी मना मानव, जलाता जो बड़ा रावण।
वही तो वर्ष भर हरदिन जलाता भूमि बिन कारण।
सिया-सी देवि को हर के, सियासी दाँव चलता है
सदा सच्चा करे सौदा, मगर आफ़त असाधारण।।
कोई कहाँ सम्पूर्ण है, स्वीकार रिश्ते कीजिए।

हर एक रिश्ते को सदा सम्मान समुचित दीजिए।
संसार में तो मात्र जूतों की बने जोड़ी सही।
जोड़ी बनाई ईश ने तो स्वाद मीठा लीजिए।।

मत अश्रु रोको तुम कभी जब याद तड़पाने लगे।
रोको हितैषी को अगर वो रूठकर जाने लगे।
रविकर उड़ाना मत हँसी मजबूर की कमजोर की
रोको मगर मुस्कान वह, जो चोट पहुँचाने लगे।।

मुसीबत की करो पूजा, सिखाकर पाठ जायेगी।
करो मत फिक्र कल की तुम, हँसी रविकर उड़ायेगी।
यहाँ तो मौत आने तक मजे से हंस गाता है।
वहीं पर मोर नाचे तो, मगर आँसू बहाता है।।

खिलाई थी सँवारी थी गया बचपन गई आया।
अँधेरे में सदा छोड़े बदन का साथ हम-साया।
बुढ़ापे में निभाती कब कभी अपनी तरुण काया।
चिता पर लेटते ही तो यहीं छूटे सकल माया।।

कहे चालाक हर-गंगे, फिसलने पर नहाता है।
कृपण की जेब जब कटती, किया है दान, गाता है।
किसी की लुट रही अस्मत, खड़ा था मौन तब कायर--
गवाही में अदालत को, हुई शादी बताता है।

जब भक्ति से भोजन बने तो भोग भोजन को कहे।
तब भूख को भी भक्ति से उपवास कह हर्षित सहे।
जब भक्ति से प्रभु पग धुले तो नीर चरणामृत हुआ।
यदि भक्तिमय है व्यक्ति तो मानव उसे हम कह रहे।।

कामार्थ का बैताल जब शैतान ने बढ़कर गढ़ा।
तो कर्म के कंधे झुका वो धर्म के सिर पर चढ़ा।
मुल्ला पुजारी पादरी परियोजना लायें नई

गिरिजाघरों मस्जिद मठों को पाठ वे देते पढ़ा।

पतन होता रहा फिर भी बहुत पैसा कमाया है।
किया नित धर्म की निन्दा, तभी लाखों जुटाया है।
सहा अपमान धन खातिर, अहित करता हजारों का
पसारे हाथ जाता वो नहीं सुख-शान्ति पाया है।।

हरे हों जख्म या सूखे कभी जग को दिखाना मत।
गली-कूचे नगरपथ पर कभी निज दर्द गाना मत।
मिले मरहम नहीं घर में, मगर मिलते नमक-मिर्ची।
बचा दामन निकल रविकर, कभी आँसू बहाना मत।।

किसी का स्वास्थ्य गिर जाये, दुबारा पुष्ट हो काया।
कभी दौलत गुमे रविकर, मिले फिर से महामाया।
भुला जाये अगर विद्या, दुबारा सीख सकते हो
मगर जब वक्त खोया तो, कहाँ फिर वक्त वह आया।।

कुंडलियाँ छंद

देना हठ दरबान को, अहंकार कर पार्क।
छोड़ व्यस्तता कार में, फुरसत पे टिक-मार्क।
फुरसत पर टिक-मार्क, उलझने छोड़ो नीचे।
लिफ्ट करो उत्साह, भरोसा रिश्ते सींचे।
करो गैलरी पार, साँस लंबी भर लेना।
प्रिया खौलती द्वार, प्यार से झप्पी देना।।

पैसा भोजन सुख पचे, स्वस्थ सुखी हों आप।
अहंकार चर्बी बढ़े, बढ़े अन्यथा पाप।
बढ़े अन्यथा पाप, तोड़ दे 'सुख' मर्यादा।
जाय मनुजता भूल, बढ़े यदि 'पैसा' ज्यादा।
बढ़े वात-कफ-पित्त, चित्त इक रोगी जैसा।
रविकर करो उपाय, पचे सुख भोजन पैसा।।

चुपके से मन 'पोट' ली, ली 'पोटली' तलाश।
यादों के पन्ने पलट, पाती लम्हे ख़ास।
'पाती' लम्हे ख़ास, प्रेम 'पाती' पा जाती।
कोरा दर्पण-दर्प, और फिर प्रिया अघाती।
शंख सीप जल रत्न, कौड़ियाँ गिनती छुपके।
'मन के' 'मनके' जोड़, विहँसती चुपके चुपके।।

कलाकार दोनों बड़े, रचते बुत उत्कृष्ट।
लेकिन प्रभु के बुत बुरे, करते काम निकृष्ट।
करते काम निकृष्ट, परस्पर लड़ें निरन्तर।
शिल्पी मूर्ति बनाय, रखे मंदिर के अंदर।
करते सभी प्रणाम, फहरती उच्च पताका।
रविकर तू भी देख, धरा पर असर कला का।।

पैरों पर होना खड़ी, सीखो सखी जरूर।
आये जब आपद-विपद, होना मत मजबूर।
होना मत मजबूर, सिसकियाँ नहीं सहारा।
कन्धा क्यूँकर खोज, सँभालो जीवन-धारा।
समय हुआ विपरीत, भरोसा क्यूँ गैरों पर।
लिखो भाग्य लो जीत, खड़ी हो खुद पैरों पर।।

रोटी सा बेला बदन, अलबेला उत्साह।
दो बेला हर दिन सिके, किन्तु नहीं परवाह।
किन्तु नहीं परवाह, सभी की भूख मिटाती।
पर बच्चे बेलाग, अकेले मर-खप जाती।
कर रविकर को माफ़, हुई यह संतति खोटी।
गूँथ स्वयं को मातु, बनाओ तुम तो रोटी।।

दिलबागसिंह विर्क

पता - गाँव व डाक.-मसीताँ, डबवाली, सिरसा, हरियाणा-125104
मोबाइल - 9541521947
ईमेल - dilbagvirk23@gmail.com

कुंडलिया छंद

खतरे ही खतरे यहाँ, मिलते हैं हर ओर
करना डटकर सामना, ना पड़ना कमजोर।
ना पड़ना कमजोर, जूझना तुम हिम्मत से
खुशियों की सौगात, छीन लेना किस्मत से।
होता है जो वीर, मौत के मुँह में उतरे
कामयाब है 'विर्क', उठाए जिसने खतरे।

आशा से संसार है, रखना दिल में आस
मंज़िल होगी पास में, करिए सही प्रयास।
करिए सही प्रयास, झोंकिए पूरी ताकत
पूरे होंगे काम, न टिक पाएगी आफत।
मत डालो हथियार, हराती हमें हताशा
कहे 'विर्क' कविराय, अमृत धारा है आशा।

हर कोई इस देश को, लगा रहा है चून
मिले न दोषी को सजा, है कैसा कानून।
है कैसा कानून, न मारे हत्यारों को
मिलता इससे आज, हौसला गद्दारों को।
वीरों का था देश, प्रतिष्ठा हमने खोई
चीन कभी ये पाक, डराता है हर कोई।

हिम्मत से जो काम ले, करता वही कमाल
दुनिया को वो दे बदल, बनता एक मिसाल
बनता एक मिसाल, बुलंद इरादे जिसके
देकर सबको मात, सितारा बनकर चमके।
कभी न मानो हार, न कोसो अपनी किस्मत
कहे 'विर्क' कविराय, जग जीत लेती हिम्मत।

आरक्षण की मार है, रही देश को मार
इक जाति कभी दूसरी, माँगे ये अधिकार।
माँगे ये अधिकार, नहीं इसका हल कोई
तोड़-फोड़ कर हाय, व्यर्थ में ताकत खोई।
कहे 'विर्क' कविराय, नहीं दिखते शुभ लक्षण
हो सुविधा की माँग, न माँगो तुम आरक्षण।

नफ़रत बढ़ती जा रही, खत्म हुआ है प्यार
रिश्तों-नातों पर यहाँ, हावी है व्यापार।
हावी है व्यापार. देखते हैं बस मतलब
हो जब मुश्किल वक्त, काम आया कोई कब?
सद्गुण सारे छोड़, बना ली कैसी फितरत
अपनाएँ गुण आज, स्वार्थ, ईर्ष्या औ' नफ़रत।

सब जन होते एक से, ना हो कोई भेद
ये उपदेश कुरान का, यही सिखाते वेद।
यही सिखाते वेद, सीख लेना तुम इसको
पा लोगे भगवान, पूजना चाहे जिसको।
भेदभाव छोड़ सब, साफ़ रखना अपना मन
कहे 'विर्क' कविराय, रूप ईश्वर का सब जन।

ताकत – दौलत का यहाँ, होता नंगा नाच
ताकतवर के बोल हैं, जैसे ब्रह्म उवाच।
जैसे ब्रह्म उवाच, न कोई पलटे इसको
जिसने किया विरोध, सज़ा मिलती है उसको।
कहे 'विर्क' कविराय, नहीं बदला है भारत
कहने को गणतन्त्र, आज भी हावी ताकत।

करते रहना काम ही, जीवन का आधार
फल की चिंता मत करो, ये गीता का सार।
ये गीता का सार, सदा इसको अपनाओ
छोड़ो फल का मोह, ज़िंदगी सुखी बनाओ।
होते हो बेचैन, क्यों नहीं धीरज धरते
फल न हमारे हाथ, व्यर्थ ही चिंता करते।

उठती बात न देश की, हो मुद्दों की हार
जाति-धर्म जैसे कई, उगते खरपतवार।
उगते खरपतवार, वोट के दिन जब आते
यूँ रहते हैं गौण, रंग इस वक्त दिखाते।
लोकतंत्र की साख, इसी कारण है गिरती
भेड़तन्त्र है आज, उँगली इस पर उठती।

जैसे बेटी वस्तु हो, ना हो वह इंसान
कैसी उलटी रीत है, करते कन्यादान।
करते कन्यादान, समझते सभी पराई
सास, ससुर, माँ, बाप, किसी ने ना अपनाई।
बेटे को दें सौंप, जायदाद, जमीं, पैसे
बेटी खाली हाथ, 'विर्क' औलाद न जैसे।

कठपुतली-सा आदमी, नचा रहा भगवान
समझ न पाया जो इसे, दुखी वही इंसान।
दुखी वही इंसान, करे जो चिंता कल की
कर्म हमारे हाथ, आस क्यों रखना फल की।
डोर खुदा के हाथ, वही ताकत है असली
करना उसका ध्यान, सभी उसकी कठपुतली।

श्रम करते इंसान का, किस्मत देती साथ
कामचोर जो आदमी, रहता खाली हाथ।
रहता खाली हाथ, नहीं मिल पाती मंजिल
क़दम-क़दम पर पास, खड़ी मिलती है मुश्किल।
समझ सको जो बात, रहोगे सदा निखरते
जीवन का हर वक्त, बीत जाए श्रम करते।

ये बचपन मासूम-सा, है ईश्वर का रूप
प्यारी-सी मुस्कान है, ज्यों सर्दी की धूप।
ज्यों सर्दी की धूप, सुहाती हमको हर पल
लेती है मन मोह, सदा ही चितवन चंचल।
लेकर इनको गोद, ख़ुशी से झूम उठे मन
यही दुआ है 'विर्क', रहे हँसता ये बचपन।

खतरे से डरना नहीं, लो मुट्ठी में आग
अब लाना बदलाव है, उठे क्रान्ति का राग।
उठे क्रान्ति का राग, शेष ना रहे बुराई
अच्छाई के बीज, देश में बोना भाई।
वर्तमान दो झोंक, भविष्य हमारा सुधरे
कल की खातिर आज, उठाने होंगे खतरे।

बेटे जैसी बेटियाँ, कब समझोगे आप
करके हत्या भ्रूण की, क्यों करते हो पाप।
क्यों करते हो पाप, बने हो आज कसाई
बहुत बुरा ये कृत्य, शर्म ना तुमको आई।
कहत 'विर्क' कविराय, अगर हम अभी न चेते
बहू बिना लो मान, ठूँठ से होंगे बेटे।

रिश्वतखोरी की जड़ें, फैली हैं चहुँ ओर
मौक़ा मिलता है जिसे, बनता रिश्वतखोर।
बनता रिश्वतखोर, दूध का धुला न कोई
जनता हो बेहाल, खून के आँसू रोई।
कहे 'विर्क' कविराय, हमारी ही कमजोरी
अमरबेल सी फैल, गई है रिश्वतखोरी।

राम भरोसे चल रहा, मेरा भारत देश
इसे लुटेरे लूटते, धर साधू का वेश।
धर साधू का वेश, सभी ने भरी तिजोरी
ठग, भ्रष्ट और चोर, करें हैं सीनाजोरी।
कहे 'विर्क' कविराय, कौन अब किसको कोसे
भारत देश महान, चले है राम भरोसे।

करते चिंताग्रस्त हैं, इस दुनिया के ढंग
बदहाली के दौर में, हर मानस है तंग।
हर मानस है तंग, ठोकरें कितनी खाता
फिर भी है वह मौन, नहीं आवाज़ उठाता।
कहे 'विर्क' कविराय, इसी कारण हम मरते
करते चिंता सिर्फ, उपाय नहीं हैं करते।

जल जीवन का मूल है, इस बिन पड़े न पार
त्राहिमाम करता फिरे, बिन इसके संसार।
बिन इसके संसार, एक पल जी ना सकता
फिर भी मानव मूढ़, क़द्र ना इसकी करता।
पूछे सबसे 'विर्क', खुले बहते हैं क्यों नल
मलने होंगे हाथ, बचाया अगर नहीं जल।

नेता जो कुछ भी कहे, है वह ब्रह्म उवाच
जनता नाचे है यहाँ, कठपुतली का नाच।
कठपुतली का नाच, पुकार सुने ना कोई
होकर वह बेहाल, खून के आँसू रोई।
ना मानें कानून, सभी को धत्ता देता
कहे ' विर्क' कविराय, आजकल ऐसे नेता।

डॉ. ब्रह्मजीत गौतम

चलभाष - 09760007838
ई-मेल - bjgautam2007@gmail.com
पुस्तकें - विभिन्न विधाओं की नौ पुस्तकें प्रकाशित
पता - युक्का - 206, पैरामाउण्ट सिम्फनी,
क्रॉसिंग रिपब्लिक, ग़ाज़ियाबाद (उ. प्र.) 201016

मनहरण घनाक्षरी

मातृभूमि की सुरक्षा हेतु कटिबद्ध हम,
प्राण लेंगे उनके जो हमें ललकारेंगे।
छात्र ही नहीं हैं, क्षात्र-धर्म भी निबाहते हैं,
कोटि-कोटि शत्रुओं के मस्तक उतारेंगे।।
वक़्त की पुकार हो तो छोड़कर लेखनी को,
हाथ में कृपाण हम ख़ुशी-ख़ुशी धारेंगे।
अपना भविष्य तो सुधार लेंगे बाद में भी,
देश का भविष्य हम पहले सुधारेंगे।।

कितना विचित्र वातावरण हुआ है आज,
दूर तक छाया हुआ दिखता कुहासा है।
हर ओर भ्रष्टाचार, घूसखोरी, महँगाई,
आम आदमी के लिए कोई न दिलासा है।।
कहते हैं शास्त्र सभी, ऋषि-मुनि, साधु-संत,
आदमी महज एक चीनी का बतासा है।
फिर भी मनुष्य के न लालच का ओर-छोर,
हर एक पल वह भूखा और प्यासा है।।

आने दो अनंत गुण-ग्राम मन-मन्दिर में,
दीन-हीन सोच उर-अंतर से जाने दो।

जाने दो युवाओं, रण-बाँकुरों को सीमा पर,
त्याग-बलिदान के सुगान उन्हें गाने दो।।
गाने दो कलित कीर्ति कवियों को भारत की,
यश की पताका विश्व-अम्बर में छाने दो।
छाने दो प्रकाश, मिट जाये तम-तोम सब,
'जीत' के सुगीत हर जिह्वा पर आने दो।।

कन्या-भ्रूण-हत्या हेतु जो है मजबूर नारी,
उसकी विवशता की कौन करे समता?
पुरुष-प्रधान ये समाज ऐसे कृत्य कर,
किसको दिखाना चाहता है निज क्षमता?
नष्ट हो रहा है नित्य प्रकृति का संतुलन,
लिंग-अनुपात का क्षरण नहीं थमता।
ऐसे ही चला तो एक दिन इस धरती से,
पहले मिटेगी माता और फिर ममता।।

देना है अगर कोई दान, विद्या-दान दीजे,
किंतु बदले में उसके न कुछ लेना है।
लेना है तो माता-पिता -गुरु से आशीष लीजे,
उससे परास्त होती दुःख-दर्द-सेना है।।
सेना है विकट काम-क्रोध-मोह-मत्सर की,
इनको हरा के नौका जीवन की खेना है।
खेना है कुशलता से, धैर्य और साहस से,
मंत्र ये अचूक हर मानव को देना है।।

छलके न कर्म का घमण्ड कभी वचनों से,
कर्म करें किन्तु न अधीन रहें फल के।
फल के न मिलने से होता है सदा ही दुःख,
मन औ' विचार हो न पाते कभी हलके।।
हलके रहेंगे तो सकेंगे देख कमियों को,
ख़ुशी से करेंगे काम आज और कल के।

कल के बुज़ुर्ग सब कहके गये हैं यही,
असफलता में भी न अश्रु एक छलके।।

कम हो भले ही धन-सम्पदा हमारे पास,
किंतु बाहुओं में श्रम करने का दम हो
दम हो, मगर इच्छा-शक्ति हो न मन में तो
क़दम-क़दम पर हारने का भ्रम हो
भ्रम हो अगर तो न काम सिद्ध होगा कभी,
मन यों डरेगा जैसे सामने ही यम हो
यम हो तो ग़म नहीं, भ्रम सब दूर होंगे,
शर्त है कि ख़ुद पे भरोसा नहीं कम हो

खोलिये न द्वार ईर्ष्या-द्वेष-वैर-मत्सर के,
अपने पड़ौसी से भी प्रेम से ही बोलिये।
बोलिये न कटु कभी, सत्य हो भले ही बात,
वचनों में अपने मिठास सदा घोलिये।।
घोलिये न विष कभी दूसरों के जीवन में,
अपने समान ही सभी को सदा तोलिये।
तोलिये समाज को न स्वार्थ की तराजू पर,
शांति हेतु मन की गिरह सब खोलिये।।

गायेंगे जो गीत जन्मभूमि और जननी के,
वे ही छात्र सच्चे राष्ट्रभक्त कहलायेंगे।
लायेंगे निकाल कर नौका जो भँवर में से,
यश और कीर्ति के पदक बहु पायेंगे।।
पायेंगे न जीवन में मान औ' प्रतिष्ठा कभी,
दूसरों की निंदा में जो मन बहलायेंगे।
लायेंगे असंख्य उपलब्धियों के मोती वे ही,
श्रम के समुद्र में जो डुबकी लगायेंगे।।

मन की कहानी अति गूढ़ और अनजानी,
ज्ञानी-ध्यानियों के लिए भी बड़ी गहन है।

मनमानी मन की न रोके से रुकी है कभी,
ऋषि-मुनि-सिद्ध किया सभी ने जतन है।।
कोई कहे वायु-सम रोकना इसे कठिन,
एक ही उपाय – बस प्रभु का भजन है।
जीत और हार होती व्यक्ति की नहीं है कभी,
जीतता है मन और हारता भी मन है।।

आयी दुःखदायी जग करती ढिठाई शीत,
बीत गयी शरद-जुन्हाई सुखदायी है।
दिन आये कम्बलों, रजाई-सौर-लोहियों के,
गुनगुनी धूप सब ही के मन भायी है।।
गली-गली, द्वार-द्वार जलते अलाव मानो
निर्धनों में आस की चमक लहरायी है।
हारे हुए नेता-तुल्य सूर्य बल-हीन हुआ,
चारों ओर भ्रष्टाचार तुल्य धुन्ध छायी है

गति में अगत चले, गति में विगत चले,
गति में जगत चले, गति है प्रकृति में।
सूर्य-चन्द्र-आसमान, तेज, वायु गतिमान,
गति का विधान देखो सुरति-निरति में।।
नदियों की कल-कल, झरनों की छल-छल,
गति-बल पल-पल मति में, कुमति में।
ज्यों ही गति रुद्ध हुई, ज़िन्दगी निरुद्ध हुई,
प्रकृति विरुद्ध हुई, गति है प्रगति में।।

वर है, प्रखर है, विवेकी, वीर साहसी है,
मरने के बाद भी जो रहता अमर है।
सद्गुणों की खान वह, जगती का मान वह,
प्रतिपल सिंह-सा विचरता निडर है।।
छोड़कर लाभ-हानि, मान-अपमान सारे,
पर हित में ही जो निरत रहे नर है।

सौ-सौ कायरों का झुण्ड कहो किस काम का है,
एक वीर बाहुबली देश-हित वर है।।

है महत्त्व सर्वोपरि विद्या, बुद्धि, नम्रता का,
गुरुओं को बालकों में बीज ऐसे बोने दो।
कठिनाइयाँ अनेक राह में भले ही आयें,
किंतु ऐसी घड़ी में न धैर्य कभी खोने दो।।
श्रम जिनके है पास, होते वे नहीं उदास,
श्रम के समक्ष भाग्य को सदैव रोने दो।
जब तक चले साँस, तब तक रहे आस,
बच्चों में ये पाँचों गुण विकसित होने दो।।

तारे हैं अनेक घोर पापी भव-सागर से,
कितने ही दुष्ट, रिपु, दानव सँहारे हैं।
हारे हैं अनेक कंस, रावण-से अभिमानी,
जो भी आये सम्मुख, सहज गए मारे हैं।।
मारे हैं जिन्होंने काम-क्रोध-मद-लोभ-मोह,
वे ही भक्त होते भगवान को भी प्यारे हैं।
प्यारे हैं समस्त दीन-दुखी-असहाय उन्हें,
उर में बसे हैं जैसे नभ-बीच तारे हैं।।

तरसे न कोई दीन-हीन जन भारत में,
हर कोई कसकर काम करे कर से।
कर से जो काम करता है, वही सुख पाता,
भाग्य के भरोसे न किसी के नैन हरसे।।
हरसे न मन देख साधु-संतों को अगर,
प्रभु-कृपा उस पर किस हेतु बरसे।
बरसे न मेघ-कुल यदि धरती पे कहो,
क्यों न दाने-दाने को हरेक जन तरसे।।

मंजूषा मन

मोबाइल - 9826812299
ई मेल - manjusha.mann9@gmail.com
प्रकाशन - 'मैं सागर सी' (हाइकु-ताँका संग्रह)
पता - अम्बुजा सीमेंट फाउन्डेशन, अम्बुजा कॉलोनी, ग्राम - रवान
जिला - बलौदा बाजार, छत्तीसगढ़, पिन - 493331

कुण्डलिया छंद

सबके अपने रंग हैं, अपने अपने रूप।
अपने अपने सूर्य हैं, अपनी अपनी धूप।।
अपनी अपनी धूप, यहाँ सब बाँटे रहते।
जिनको समझो पुष्प, उन्हीं में काँटे रहते।।
टूटे सारे स्वप्न, बुझी आँखों में कबके।
हुए पराए लोग, यहाँ पर अपने सबके।।

महँगाई के दौर में, सबसे सस्ती जान।
दो रोटी की चाह में, बिक जाता इंसान।
बिक जाता इंसान, खरीदें पैसे वाले।
करते ऐसे लोग, सदा ही बड़े घुटाले।।
बचने कोई राह, किसी ने कब है पाई।
मरने को मजबूर, करे हाये महँगाई।।

दुख धागे चादर बुनी, पकड़े इसका छोर।
दुख में कब सुलझी कहो, उलझी उलझी डोर।।
उलझी उलझी डोर, कहो कैसे सुलझाएँ।
दुख के सारे बोझ, कहाँ ये लेकर जाएँ।।
नजर न आये कहीं, हमें इस दुनिया में सुख।
हर इक चेहरे पर, दिखाई देता है दुख।।

सूखे पोखर ताल हैं, कहें किसे ये पीर।
और कहीं मिलता न बस, आँखों में है नीर।।
आँखों मे है नीर, इसी से बगिया सींचे।
आँसू से ही सदा, पीर के कपड़े फींचे।।
दाना मिला न एक, बिलखते बच्चे भूखे।
अस्थि पिंजर देखें, बदन हैं सूखे सूखे।।

गली गली है चल रहा, महाभारती दाँव।
कुरुक्षेत्र में अब कहो, कहाँ मिलेगी छाँव।।
कहाँ मिलेगी छाँव, बसें किस जग में जाकर।
लौटे हैं हरबार, बहुत ही धोखा खाकर।।
अर्जुन छलनी हुए, अजब यह जंग चली है।
दुर्योधन की जीत, हो रही गली गली है।

भोला मन समझा नहीं, उसकी गहरी चाल।
बैठा था बहुरूपिया, डाले अपना जाल।।
डाले अपना जाल, समझ हम कैसे पाते।
हमने जोड़े सदा, उसी छलिया से नाते।।
रखे छुपाकर बैर, राज कब उसने खोला।
बैरी को मनमीत, समझ बैठा मन भोला।।

बेमतलब के तो यहाँ, लेता कब कोई नाम।
दरवाज़े पर हों खड़े, पड़ता है जब काम।।
पड़ता है जब काम, कहें काने को मामा।
वक़्त पड़ा जिस रोज, तीर ने तिनका थामा।
खूब करें तारीफ, होता काम कोई जब।
मतलब जब हो पूर्ण, समझ लेते बेमतलब।।

रोजी रोटी के लिए, छोड़ दिया था गाँव।
कहाँ छुपाकर अब रखें, छालों वाले पाँव।।
छालों वाले पाँव, दिखाएँ किसको जाकर।
रोजी मिली न हाय, रहे हम ग़म को खाकर।।

जा पहुँचे थे शहर, पहुँच मजदूरी खोजी।
कुछ भी मिला न हाथ, नहीं पाई थी रोजी।।

मालाएँ फेरी बहुत, खूब जपा था नाम।
मन भीतर छुपकर रहे, बड़ा अजब है श्याम।।
बड़ा अजीब है श्याम, हमें ये खूब सताए।
जाने क्या है बात, मगर यह मन को भाए।।
मन बसकर रहे, कहाँ इसको ले जाएँ।
चुपके से हम रोज, जपें उसकी मालाएँ।।

गरल दबाये कण्ठ में, बाँट रहे मुस्कान।
ठोकर खा सीखे बहुत, जीवन का हम ज्ञान।।
जीवन का यह ज्ञान, सही है राह दिखाता।
पा जाए जो ज्ञान, सभी के मन को भाता।।
खुलें ज्ञान के द्वार, राह सब सरल बनाये।
शिव जैसा है कौन, कण्ठ गरल दबाये।।

उड़ अम्बर की ओर तू, ऐ मन पंख पसार।
बैठे से मिलता नहीं, इस जीवन का सार।
इस जीवन का सार, मिले कर्मों से केवल।
बन पाएगा देख, भले कामों से ही कल।।
कुछ ऐसा कर यार, जरा नेकी से भी जुड़।
पंखों पर दे जोर, जरा कुछ ऊँचा तो उड़।।

चलने से थकना नहीं, चलना अच्छी बात।
बीतेंगे तू देखना, दुख के ये हालात।
दुख के ये हालात, नहीं रहते हैं रुककर।
तू हिम्मत मत हार, चले जाएँगे थककर।।
डर अंतस में मित्र, कभी मत देना पलने।
चलना तू इस राह, जहाँ सुख भी हैं चलने।।
करिये नित श्रम गाइये, आशाओं के गीत।
हो जाएगी एक दिन, उजियारे की जीत।।

उजियारे की जीत, सदा ही होती आई।
सच्ची है यह बात, सुनो ऐ मेरे भाई।।
करते रहिए काम, कभी मत श्रम से डरिये।
यही ख़ुशी की राह, परिश्रम हरदम करिये।

थोड़ा सच जो बोलते, लगती उनको चोट।
नेता जी को भा रहे, चापलूस सँग नोट।।
चापलूस सँग नोट, बड़े ही उनको भाते।
इन सबके ही साथ, प्रेम वो बड़ा जताते।।
नहीं चढ़ाए नोट, सभी ऐसों को छोड़ा।
लाओ इन पर नोट, चढ़ाओ थोड़ा थोड़ा।।

पलकों में आँसू लिए, बैठे हम चुपचाप।
मेरे दुख को भूल कर, रास रचाते आप।।
रास रचाते आप, उड़ाते मौजें फिरते।
अंधकार में चलें, हमीं ठोकर खा गिरते।।
रंग तुम्हारे दिखे, हमें तो बस झलकों में।
आँसू भरकर रहे, सदा अपनी पलकों में।।

हमने तो बिन स्वार्थ के, किये सभी के काम।
हाथ मगर ये है लगा, मुफ़्त हुए बदनाम।।
मुफ़्त हुए बदनाम, गँवाया नाम कमाया।
खोया सारा मान, जिसे मुश्किल से पाया।
किया हमारे साथ, बताओ छल क्यों तुमने।
तुमसे तो सम्मान, नहीं था माँगा हमने।।

दंगे चारों ओर हैं, मचा बड़ा ही क्लेश।
सारा ही दिखने लगा, कुरुक्षेत्र सा देश।।
कुरुक्षेत्र सा देश, नजर आता है अपना।
बिखरा बिखरा दिखे, आम जनता का सपना।।
नहीं रहे इंसान, बने नेता जी चंगे।
सन्त दिखें जो लोग, वही करवाते दंगे।।

लुटती लज्जा रोज ही, देखो हर इक द्वार।
बहन बेटियों का सुनो, हो जाता व्यापार।।
हो जाता व्यापार, जहाँ रिश्ते बिक जाते।
झाँके थे मन खूब, नहीं थे सच्चे नाते।।
दूजे का जब हाल, खूब है जनता जुटती।
देख तमाशा हँसे, देखकर इज्जत लुटती।।

छाया मिल पाई नहीं, ऐसे मिले पड़ाव।
बीच भँवर में डोलती, जीवन की यह नाव।
जीवन की यह नाव, पार कैसे पहुँचाएँ।
हम नौका पतवार, बताओ कैसे पाएँ।।
जाएँ अब किस ओर, सब तरफ मृग की माया।
हर पथ पर है धूप, नहीं है सुख की छाया।।

चिंगारी बाकी न थी, खूब कुरेदी राख।
मुरझाया हर पात था, मुरझाई थी शाख।।
मुरझाई थी शाख, मगर ये फिर भी फलती।
इस फलने को देख, देख यह दुनिया चलती।।
बीते दुख को भूल, उमरिया बीते सारी।
सुलगाये रख मीत, आस की इक चिंगारी।।

सबको सूरज बाँटता, भर भर झोली धूप।
भेदभाव जाने नहीं, देता सबको रूप।।
देता सबको रूप, जगत यह जगमग करता।
अँधियारा कर दूर, जगत में जीवन भरता।।
जागे सब संसार, भा रहा है ये अब तो।
सूरज की यह धूप, नया दिन देती सबको।

मनजीत कौर 'मीत'

मोबाइल - 9873443678
ईमेल - manjeetkr69@gmail.com
पुस्तकें - 1. पुरुषोत्तम 2. सतरंगी आईना
पता - मकान नं. 60, सेक्टर – 5, गुड़गाँव, पिन 122001

कुण्डलिया छन्द

खुशबू फूलों में बसी, फल में भरी मिठास
मन के अन्दर झाँक तू, करते प्रभु निवास
करते प्रभु निवास, कि इस जग को महकाओ
फूलों का संदेश, सभी को तुम पहुँचाओ
ढँकते अपनी नाक, जहाँ से आती बदबू
बैठे सभी करीब, कि सुख देती है खुशबू।

बचपन की शैतानियाँ, चोर पुलिस के खेल
बात-बात पर रूठना, और उसी दम मेल
और उसी दम मेल, नहीं दिन वापस आते
बनकर मुझको ख्वाब, लगे यूँ, रोज़ सताते
बीत गई है उम्र, हुआ हूँ अब मैं पचपन
नहीं जवानी लुत्फ, निराली बातें बचपन।

पनघट ना पनिहारिनें, सूख गये सब ताल
आज घरों में सिमट गए, ये नारी चौपाल
ये नारी चौपाल, खूब मिल करें कहानी
दिल का हाल बयान, ताल की यही रवानी
बदला ऐसा दौर, पड़े हैं रीते मनघट
चलती बाँध कतार, याद आते हैं पनघट।

सीमा पर मुस्तैद हैं, सैनिक वीर जवान
अमन चैन के वास्ते, जान करें कुर्बान
जान करें कुर्बान, सुनो ऐ पत्थर बाजो
निभा रहे वो आन, अरे दिल के नासाज़ो
आतंकी का रोग, ज़हर ये चढ़ता धीमा
साथ अगर आवाम, धैर्य की बढ़ती सीमा।

बटवारा वो कर गये, भेद दिलों में डाल
बाकी दर्दे-दिल अभी, रहा दिलों को साल
रहा दिलों को साल, खेत खलिहान बटे थे
जैसे कटती घास, वतन के लोग कटे थे
लाशों के वो ढेर, बना मंज़र हत्यारा
दिल में उठती हूक, न भूले ये बटवारा।

पुतला रावण का हँसे, जोर करे अट्टाहास
खूब उड़ाया मिल सभी, मेरा ये उपहास
मेरा ये उपहास, हरण सीता का होता
मानव जकड़ा लोभ, चैन अपना है खोता
देते मुझको दोष, मैल नहि मन का कुचला
दौलत पीछे दौड़, रहा मानव का पुतला।

आज़ादी का पर्व हम, मना रहे हर साल
प्रश्न अनेकों कर रहे, मुझसे रोज़ सवाल
मुझसे रोज़ सवाल, कहो क्या समता आई?
भाषा-मज़हब-जाति, मिटी क्या इनकी खाई?
फैला भ्रष्टाचार, देख ये रँग बर्बादी
ख़त्म हुआ वो जोश, हुई बूढ़ी आज़ादी।

तेवर मौसम बदलता, देख रहा इंसान
आँख मूंद कर है पड़ा, बना हुआ अंजान
बना हुआ अंजान, रोज़ ये बढ़ता पारा
आँधी-तूफां पेश, करें इक नया नज़ारा

काटे जंगल खेत, यही कुदरत के जेवर
बैठो मिलकर सोच, रोज़ क्यूँ बदले तेवर?

बरसो काले मेघ रे, हलधर करे पुकार
खेती को पानी मिले, खूब भरें भण्डार
खूब भरें भण्डार, हो चहुँ ओर खुशहाली
मिलें खरे जो दाम, हो चेहरे पर लाली
सावन बीता जाए, कहो मत थोड़ा तरसो
भीगे तन-मन रोम, राम जी ऐसे बरसो।

नाकामी ये तंत्र की, या कुदरत की मार
बारिश में हर वर्ष ही, मचता हाहाकार
मचता हाहाकार, कि सड़कें बनीं समंदर
चलती इसपे नाव, सभी कुछ इसके अंदर
भीगे आटा दाल, बनी अब यही सुनामी
निपटे कैसे बाढ़? तंत्र की है नाकामी।

सी. बी.आई. ले गई, होठों की मुस्कान
सिलवट माथे पर पड़ी, कुनबा लहूलुहान
कुनबा लहूलुहान, बात ये कैसे सुलझे
मकड़जाल में आज, स्वयं नेताजी उलझे
हॉट सीट पर बैठ, खूब किस्मत चमकाई
अँधियारी हर रात, हाय ये सी. बी. आई.।

नज़राना ये ईद का, लेकर आया चाँद
कहे मुबारक आपको, पड़ें नफरतें माँद
पड़ें नफरतें माँद, कि फैले भाईचारा
जैसे नूर चिराग, दिलों में हो उजियारा
होली हो या ईद, सभी मिल साथ मनाना
खुशियों की सौगात, चाँद देता नज़राना।

सच्चा सौदा हो अगर, होते करम महान
सच्चा सौदा हो अगर, नेक बने इंसान
नेक बने इंसान, रोज़ के बढ़ते डेरे
आया वक्त चुनाव, लगायें नेता फेरे
वोटों का ये खेल, बना इक नया मसौदा
भक्तों की ये भीड़, समझती सच्चा सौदा।

बेटी बेटे को समझ, कुदरत का वरदान
बेटा घर का नूर है, बेटी घर की शान
बेटी घर की शान, लगे फुलवारी महके
जैसे चिड़िया डाल, सभी मिल पंछी चहके
है घर का ये मान, नहीं ये दुख की पेटी
मात-पिता के काज, सँवारे नित ही बेटी।

उजियारा दे जगत को, फूलों को मुस्कान
भरे प्राण हर जीव में, जैसे इक वरदान
जैसे इक वरदान, स्वयं शोलों पे चलता
बाँटे सबको नूर, काम विरला ही करता
दीपक से ले सीख, दूर करता अँधियारा
तन-मन अपना वार, करे दीपक उजियारा।

नदियाँ पानी ला रहीं, जीवन की सौगात
कहें सियासी दल सभी, मेरी है बरसात
मेरी है बरसात, छिड़े अब रोज़ कहानी
बहती मेरे राज, मिले नहि तुमको पानी
प्यास बुझाते बीत, गई हैं उसको सदियाँ
टेढ़ी मेढ़ी राह, पार कर आतीं नदियाँ।

जीवन कहते हैं जिसे, धूप छाँव का खेल
पटरी पर दौड़े कभी, कभी उतरती रेल
कभी उतरती रेल, कि जो गलती से सीखा

फूलों से भी चोट, समझता काँटा तीखा
जाना जिसने भेद, गमों की करता सीवन
सुख -दुख रहे समान, इसी को कहते जीवन।

ऊँची बनीं इमारतें, ऊँचे बने मकान
पर मन ऊँचा नहि उठा, रोज़ पतन सामान
रोज़ पतन सामान, भरीं इनसे अखबारें
छिड़तीं टी. वी. बहस, छिड़ी हैं नव तकरारें
मन थे पहले पाक, भले मीनारें नीची
ऊँची हो गर सोच, समझो बात है ऊँची।

माना पैसे से मिले, जग में इक पहचान
पैसा ही सब कुछ नहीं, सत्य बात यह जान
सत्य बात यह जान, चैन दिल का ये छीने
रातों उड़ती नींद, व्यर्थ मखमली बिछौने
उसकी रहमत भेद, सुनो है जिसने जाना
पैसा नहि भगवान, बाद में दिल ये माना।

मुकेश कुमार मिश्र

मोबाइल - 9453163303
ईमेल - mukesh200887@gmail.com
पता - स्थाई पता -ग्राम व पोस्ट रामापुर, थाना कौड़िया बाजार, जनपद गोण्डा, उत्तर प्रदेश, पिन 271122

दुर्मिल सवैया

मन दान दया करुणा रहती, हर आगत का घर स्वागत है।
नव ज्ञान प्रदान किया सबको, जिससे यह विश्व रहा नत है।
परिवार समान लगी धरती, यह सोच पुनीत यथावत है।
बलवान हुई क्षत मानवता, वह देश मही पर भारत है।

मन धीर धरो हर पीर सहो, भरती न शिलापट आह कभी।
जल धार सदैव यही कहती, मत पूछ यहाँ नव राह कभी।
क्षमता भर वारि तड़ाग भरे, उससे कुछ और न चाह कभी।
सरिता सम है यह जीवन भी, रुकता इसका न प्रवाह कभी।

व्यवधान दिखे पथ में यदि तो, बढ़के हर बार निदान करो।
पहले जिस भाँति प्रसिद्ध रहा, उससे कुछ और महान करो।
इतनी लघु चाह यही तुमसे, अब देश चरित्र प्रधान करो।
कर लो यह काम चलो फिर से, सदियों सदियों अभिमान करो।

अघ की गति तेज हुई इतनी, इसके पथ में व्यवधान नहीं।
मन में बस चाह बढ़ी धन की, कर किन्तु करें कुछ दान नहीं।
अब सत्य असत्य समान दिखें, व विभेद करें यह ज्ञान नहीं।
कविता किस काम रही कह दो, जब भारत गौरव गान नहीं।

मदिरा सवैया

त्याग दया सुचिता समता सम लाभ प्रदायक ज्ञान जहाँ।
ईश्वर की अनुभूति मिले वह है तप योग व ध्यान जहाँ।
केवल बात न मानव की हर पत्थर देव समान जहाँ।
भू पर भारत देश वही अवतार लिये भगवान जहाँ।

ज्ञान पराक्रम शौर्य व साहस दान दया तप त्याग भरा।
गौरव का इतिहास रहा रण कौशल से यह विश्व डरा।
भारत भूमि स्वतंत्र रहे इस हेतु कटा सिर मृत्यु वरा।
आर्य सुनो अब जाग उठो फिर शुद्ध करो यह पुण्य धरा।

कष्ट दिखे हल खोज करो दुख देख कभी न विलाप करो।
भारत कीर्ति बढ़े जिससे वह काम सदा चुपचाप करो।
वृद्धि करे गरिमा अपनी नित कर्म सहर्ष अमाप करो।
उच्च रहा व सदैव रहे इतना श्रम तो अब आप करो।

धर्म बचा पहचान बची जब भारत भू पर युद्ध हुए।
किन्तु व्यथा यह सोच बढ़ा अपने अब आज विरुद्ध हुए।
नीति अनीति समान दिखे इतने हम छद्म प्रबुद्ध हुए।
पिंगल द्रोह बढ़ा इतना सुन लो नव काव्य अशुद्ध हुए।

सर्वगामी सवैया

देते रहे ज्ञान सारी धरा को सभी को सदा धर्म जीना सिखाया।
खोजा समाधान सारे दुखों का तथा मानवों के गुणों को बढ़ाया।
है शांति की राह ही लाभकारी यही बात अच्छी सभी को बताया।
संदेश देता रहा प्रेम का ही लड़ाना किसी को कभी भी नहीं आया।

राजा प्रजा की भलाई न सोचे प्रजा देश की ये भला क्यों सहेगी।
बाँटो नहीं जाति धर्मादि में भी बनी छद्म दीवार सारी ढहेगी।
सम्पन्नता हो सभी के घरों में खुशी की तभी तीव्र धारा बहेगी।
सम्मान होगा जनादेश का तो प्रजातन्त्र की जीत होती रहेगी।

दायित्व ही भूल बैठे यहाँ जो उन्हें कार्य का बोध भी है कराना।
चाहें बिना कर्म के लक्ष्य पाना सिखाना उन्हें भी पसीना बहाना।
आर्यों तुम्हें आज क्या हो गया है मिटे जा रहे क्यों इसे भी न जाना।
उद्देश्य हो राष्ट्र उत्थान का ही यही मंत्र है प्रेरणा का जगाना।

आतंकवादी समस्या नहीं हैं समस्या कहाँ है यही जानना है।
भारी कमी है यहाँ नीतियों की इसी तथ्य को आज स्वीकारना है।
देते नहीं छूट जो सैनिकों को तभी वक्ष तो शत्रुओं का तना है।
पाषाण वे फेंकते जा रहे हैं चलाना इन्हें गोलियाँ भी मना है।

महाभुजंगप्रयात सवैया

सदा एकता प्रेम की सीख देती तथा बाँटती है सदाचार हिन्दी।
यहाँ की धरा है भरी भिन्नता से इसे जोड़ती है लगातार हिन्दी।
कहीं सुप्त होते दिखे देशवासी बनी है वहाँ तीव्र उद्गार हिन्दी।
कहूँगा यही आज दुर्भाग्य है जो नहीं देश में सर्व स्वीकार हिन्दी।

उसे रञ्च चिंता नहीं है स्वयं की हमेशा रहा राष्ट्र के गीत गाता।
अनायास ही शक्ति आती रही है कभी हाथ में जो तिरंगा उठाता।
मिले अम्ब की गोद सी शांति प्यारी कभी देश की धूल में लोट जाता।
वही आर्य भू पुत्र है जो सही में लगातार सम्मान ही है बढ़ाता।

दुखी हूँ दशा देख के देश की मैं नहीं सिंह को शौर्य की बात भाये।
सभी सोचने में लगे मातृभू पे भला आज क्यों शीश कोई कटाये।
जिन्हें राष्ट्र रक्षार्थ है प्राण देना मिलें सुप्त से शक्तियाँ वे छिपाये।
दिखे चन्द्रगुप्तों भरा देश सारा प्रतीक्षा यही एक चाणक्य आये।

मिली उच्चता भी किन्हीं कारणों से उन्हें सामने आज लाना पड़ेगा।
हुई पूर्व में मौन से हानि सारी नयी पीढ़ियों को बताना पड़ेगा।
दशा देख जागे नहीं देशवासी कभी मूल्य भारी चुकाना पड़ेगा।
विदेशी व देशी सभी शत्रुओं से हमें आर्य भू को बचाना पड़ेगा।

गंगोदक सवैया

आदि से आज भी देश आगे रहा राष्ट्र नेतृत्व के ही लिये है बना।
योग से धर्म से ध्यान से ज्ञान से सर्वदा ही मिटाया अँधेरा घना।
आर्य भू है जहाँ जन्म मेरा हुआ है यही सोच के आज सीना तना।
मृत्यु की रञ्च चिंता नहीं है मुझे जन्म लूँ मैं यहीं है यही कामना।

श्वेतवस्त्रा मुझे और क्या चाहिए ज्ञान का दान ही नित्य पाता रहूँ।
ज्योति से ज्योति ऐसे जलाऊँ सदा मेदनी से अँधेरा मिटाता रहूँ।
प्रेम से पूर्ण संदेह दूँ विश्व को सर्वदा राह अच्छी दिखाता रहूँ।
शारदे आप वीणा बजाती रहो छंद भी मैं लगातार गाता रहूँ।

लक्ष्य थी उच्चता निम्नता क्यों मिली सभ्यता आज उत्थान पाती नहीं।
हानि की वस्तु ही क्यों चुनी जा रही क्यों भला लाभ की बात भाती नहीं।
भूल बैठे यहाँ की भली रीतियाँ पश्चिमी सोच की गंध जाती नहीं।
राष्ट्र की दुर्दशा देख के क्षुब्ध हूँ मृत्यु भी माँगता किन्तु आती नहीं।

देश ने ही दिखाई दिशा विश्व को अन्यथा भू नया रूप पाती नहीं।
धर्म का अर्थ संसार क्या जानता ज्ञान विज्ञान की बात भाती नहीं।
युद्ध होते यहाँ बात ही बात में ये अहिंसा कभी क्रान्ति लाती नहीं।
सृष्टि कल्याण में राष्ट्र ने ही दिया योग से है किसे शांति आती नहीं।

महाभुजंगप्रयात सवैया

मिले लाभ स्वाधीनता का सभी को, तभी कीर्ति में वृद्धि भी हो सकेगी।
रहेंगे सभी देश में एक जैसे, तभी मानवों बीच खाई पटेगी।
नहीं शक्ति में वृद्धि होगी जनों के, कहो राष्ट्र को शक्ति कैसे मिलेगी।
प्रजातंत्र का अर्थ ये तो नहीं है, प्रजा तंत्र में ही दिखायी न देगी।

कलाधर घनाक्षरी

कीर्ति पूर्व सी पुनः मिले हमें अतीव शीघ्र,
लक्ष्य हो यही व प्राप्ति के लिए विचार हो।
दीप यों जले कि हो प्रकाश सोच में सदैव,
दूरियाँ रहें न शेष, प्रेम का प्रसार हो।
दुःख या प्रसन्नता करें न भेदभाव रञ्च,
हो बहार यों कि पूर्ण बाग में बहार हो।
रोग मुक्त हो स्वदेश कामना यही अभीष्ट,
एक व्यक्ति भी न भूख प्यास का शिकार हो।

रूप घनाक्षरी

स्वार्थ का बढ़ा प्रभाव घट रहा प्रेम भाव,
मातृभूमि हेतु आज अनुराग पाले कौन।
देख दीन हीन हाल हो रहे सभी निहाल,
दूसरे की एड़ियों के कंटक निकाले कौन।
देश को बचाती रहीं उच्च ही बनाती रहीं,
अब उन्हीं रीतियों को आकर सँभाले कौन।
लेकर इसी से ज्ञान भर सकते उड़ान
किन्तु आर्य भूमि पर वेद को खँगाले कौन।

मनहरण घनाक्षरी

राष्ट्रवाद जो न हो सका सशक्त अंतर में,
स्वप्न विश्व गुरु का धरा ही रह जायेगा।
आपसी विवाद जो न हल हुआ शीघ्र यहाँ,
कोई जयचंद अरि दल को बुलायेगा।
ज्ञान, गुणवान तत्व जो न पा सके महत्त्व,
कोयल नहीं वहाँ तो काग राग गायेगा।
सोच भी रखो पवित्र राम सा रखो चरित्र,
राम राज और किसी भाँति नहीं आयेगा

रमेशकुमार सिंह चौहान

मोबाइल - 9977069545
ईमेल - rkdevendra4@gmail.com
पुस्तकें - हिन्दी में दो तथा छत्तीसगढ़ी में तीन पुस्तकें
पता - मेलन निवास, मिश्रापारा, नवागढ़, जिला-बेमेतरा, छत्तीसगढ़

चवपैया छंद

हे आदि भवानी, जग कल्याणी, जन मन की हितकारी।
माँ तेरी ममता, सब पर समता, जन मन को अति प्यारी।।
हे पाप नाशनी, दुख विनाशनी, जग से पीर हरो माँ।
आतंकी दानव, है क्यों मानव, तन-मन विमल करो माँ।।

सार छंद - जागो जागो वीर सपूतो

जागो जागो वीर सपूतो. माँ भारती पुकारे।
आतंकी बनकर बैरी फिर. छुपकर है ललकारे।।

उठो जवानों जाकर देखो. छुपे शत्रु पहचानो।
मिले जहाँ पर कायर पापी. बैरी अपना मानो।।

काट काट बैरी के मस्तक . हवन कुण्ड पर डालो।
मातृभूमि की सेवा करके. जीवन यश तुम पा लो।।

राष्ट्र प्रेम ना हो जिनके मन, बैरी दल के साथी।
स्वार्थी हो जो चलते रहते. जैसे पागल हाथी।।

छद्म धर्म जो पाले बैठे, जन्नत की ले चाहत।
धरती को जो दोजख करते. उनके बनो महावत।।

बैरी की तुम छाती फाड़ो. वीर सिंह के लालों।
रक्तबीज के ये वंशज हैं. इन्हें अग्नि पर डालो।।

रोला छंद- कौमी गीत

मेरे दोस्त अजीज, अमर मैं अकबर है तू।
मैं तो तेरे साथ, साथ तो हरपल है तू।।
रहना सदा सचेत, लोग कुछ हमें न भाये।
हिन्दू मुस्लिम राग, छेड़ हम को भरमाये।।

यह तो भारत देश, लगे उपवन फूलों का।
माली बने न चोर, कष्ट दे जो शूलों का।।
रखना हमको ध्यान, बांट वो हमें न पावे।
वो तो अपने स्वार्थ, आज तो आग लगावे।।

रहना सदा सचेत, लोग कुछ हमें न भाये।
हिन्दू मुस्लिम राग, छेड़ हम को भरमाये।।

तू जो करे अजान, करूँ मैं ईश्वर पूजा।
ईश्वर अल्ला नाम, नहीं हो सकता दूजा।।
करते हम सम्मान, एक दूजे को भाये।
हमें मिले जो शांति, और जन जान न पाये।।

रहना सदा सचेत, लोग कुछ हमें न भाये।
हिन्दू मुस्लिम राग, छेड़ हम को भरमाये।।

हाड़ मांस की देह, रक्त में भी है लाली।
हिन्दू मुस्लिम पूर्व, रहे मानव खुशहाली।।
दिये हमारे पूज्य, सीख जो उसे निभायें।
अब कौमी के गीत, साथ मिलकर हम गायें।

रहना सदा सचेत, लोग कुछ हमें न भाये।
हिन्दू मुस्लिम राग, छेड़ हम को भरमाये।।

कुण्डलिया छन्द

आँखों की भाषा

आँखों की भाषा समझ, आँखें खोईं होश।
चंचल आँखें मौन हो, झूम रहीं मदहोश।
झूम रही मदहोश, मूँद कर अपनी पलकें।
स्वर्ग परी वह एक, समेटे अपनी अलकें।।
बने कली जब फूल, खिली मन में अभिलाषा।
मन में भरे उमंग, समझ आँखों की भाषा।।

वैचारिक परतंत्रता

वर्षों से परतंत्र है, भारतीय परिवेश।
मुगलों ने कुचला कभी, देकर भारी क्लेश।।
देकर भारी क्लेश, कभी आंग्लों ने लूटा।
देश हुआ आजाद, दमन फिर भी ना छूटा।।
संस्कृति अरु संस्कार, सुप्त है अपकर्षों से।
वैचारिक परतंत्र, पड़े हैं हम वर्षों से।।

भेड़ों की वह भीड़

रक्तों की प्यासी हुई, भेड़ों की वह भीड़।
अफवाहों में जल रहे, निर्दोषों का नीड़।।
निर्दोषों का नीड़, बचे चिंता है किसको।
जनता बकरी-भेड़, आज लगते हैं जिसको।
खरी-खरी इक बात, कहें उन अनुरक्तों की।
फँसे लोभ के फाँस, भीड़ प्यासी रक्तों की।

उल्लाला छंद - गिल्ली-डंडा

गिल्ली डण्डा खेलते, मिलकर बच्चे साथ में।
गिल्ली को उछाल रहे, डण्डा लेकर हाथ में।।

गाँव-गली का खेल यह, मिले नहीं परदेश में।
कल की यह गौरव कथा, कहते भारत देश में।।

स्वस्थ रखे यह स्वास्थ्य को, भरे ताजगी श्वास में।
खेलो मिट्टी धूल में, चाहे खेलो घास में।।

बंधन इसमें है नहीं, चाहें जितना खेल लें।
गोला घेरा खींच कर, गिल्ली जरा धकेल लें।।

डंठल लेकर पेड़ की, गिल्ली-डंडा काट लो।
बच्चों की टोली खड़ी, अपना साथी छाँट लो।।

मुफ्त-मुफ्त का खेल यह, खेलो चाहे बाट में।
खेत-खार गौठान में, चाहे खाली प्लाट में।।

छप्पय छंद

बेटी होना पाप, त्रास में जीवन सारा।
जन्म पूर्व ही घात, उसे कितनों ने मारा।।
कंपित होती साँस, वायु है दूषित सारी।
छेड़छाड़ हर राह, मोड़ में खड़े शिकारी।।
गली-गली में भेड़िया, नोचे बेटी माँस को।
जीवित होकर लाश है, बेटी सह इस त्रास को।।

गीतिका छंद- आदमी

आदमी से आदमीयत, खो गया है रे कहाँ।
आदमी से आदमी को, डर तभी तो है यहाँ।।
आदमी में जो पड़ा है, स्वार्थ का साया जहाँ।
आदमी अब आदमी से, बच नहीं पाये यहाँ।।

आदमी आतंकवादी, उग्रवादी जो बने।
आदमी के हाथ दोनों, खून से ही हैं सने।।

मर्द जो है आदमी में, वो बलात्कारी लगे।
गोद की बेटी उसे तो, ना दिखे अपने सगे।।

आदमी को आदमी जो, है बनाना फिर कहीं।
आदमी में तो जगाओ, आदमीयत फिर वहीं।।
आदमी जो आदमी से, प्रेम करने फिर लगे।
आदमी को आदमी में, सब दिखेंगे फिर सगे।।

सरसी छंद- मूल्य समय का होता जग में

शादी करने आयु न्यूनतम, निश्चित है इस देश।
नहीं अधिकतम निर्धारित है, यह भी चिंता क्लेश।।

अल्प आयु में मिलन देह का, या शादी संबंध।
चिंता दोनों ही उपजाते, हो इन पर प्रतिबंध।।

चढ़े प्रीत का ज्वर है सबको, जब यौवन तन आय।
सपनों में सपने का मिलना, नाजुक मन को भाय।।

कच्चे मटके कच्चे होते, जाते हैं ये टूट।
पकने से पहले प्रयोग की, नहीं किसी को छूट।।

मूल्य समय का होता जग में, माने यह व्यवहार।
पके हुए फल रखे-रखे भी, हो जाते बेकार।।

रेनू सिंह

मोबाइल - 8954779724
ईमेल - renu11289@gmail.com
पता - शिवपुरी कॉलोनी, गली न.2, एटा रोड, टूण्डला
फ़िरोज़ाबाद (उत्तर प्रदेश), 283204

चौपाई छन्द

नया वर्ष नव संज्ञा लाया। हरियाली का मौसम आया।।
चूनर पीली ओढ़े धरती। तिलक धरा का प्रकृति करती।।

जगी रहे मन ऐसी आशा। खुशियों की जो हो परिभाषा।।
मइया भर दो झोली खाली। घेर रही हैं रातें काली।।

शुभ संकल्प सदा मन ठाने। झूठ कपट से दूरी माने।।
धरी नींव थी आर्य समाजी। नई भोर के सब हैं साझी।।

नाच रहे अरु मंगल गाते। सुखद घड़ी शुभ लक्षण लाते।।
देश लगे अपना अति प्यारा। एक कुटुंबी जग है सारा।।

चौपाई छन्द

मातु यशोदा के तुम लाला। बाबा नंद प्रेम से पाला।।
मोहक छवि आँखों में बसती। बिन दर्शन के मातु तरसती।।

गोप ग्वाल सब सखा तुम्हारे। आकर मेटो दुःख हमारे।।
बंसी की धुन सबको भाती। याद मुझे यमुना तट लाती।।

वस्त्र चुराते माखन खाते। लुक छिप सारा नेह दिखाते।।
चुन लो सेवक अपनी दासी। दरसन दो मथुरा के वासी।।

चौपाई छन्द

हाँक रहे रथ बने सारथी। रण में करते पार्थ आरती।।
खाते माखन मिलकर ग्वाले। गोवर्धन नख धरने वाले।

सखा सुदामा के गिरधारी। खाते चावल मदन मुरारी।।
ऊँच नीच का भेद न जाने। यारी को वो ऊँचा माने।।

चौपाई छन्द

सत्य राह ही चलना सारे। इसके बल से बाधा हारे।।
सत्य संग रहता है जिसके। मान सदा है माथे उसके।।

वेद धर्म सब करें बखाना। बोलो इसमें गुण हैं नाना।।
जग में जब भी हुई लड़ाई। जीत सत्य की होती भाई।।

चौपाई छन्द

प्यार बहिन भाई में ऐसा। धूप छाँव के संगम जैसा।।
संग संग में सुख दुख बाँटे। चुने परस्पर मग के काँटे।।

नेह रहे आपस में सच्चा। रिश्ता नहि होता ये कच्चा।।
मन की सारी बातें जानें। लड़ना भिड़ना हक वो मानें।।

बचपन के वो खेल खिलौने। हरदम होते साथ बिछौने।।
एक साथ रहना कम होता। कभी नहीं अपनापन खोता।।

भाई के माथे की रोली। होती विदा बैठती डोली।
कष्ट पड़े जो उनसे हारे। मिल रहते जीवन भर सारे।।

कुण्डलिया छन्द

विनती भक्तों की सुनो, मन है बड़ा अधीर।
तुमसे है आशा यही, हर लो सबकी पीर।।

हर लो सबकी पीर, दान हमको ये देना।
सरस बोलना बोल, काम संयम से लेना।।
झूठ कपट से दूर, रहे पापों की गिनती।
रेनू जोड़े हाथ, नहीं ठुकराना विनती।।

कुण्डलिया छन्द

कान्हा की मोहक छटा, व्याकुल मन दिन रैन।
मुरली सुनकर झूमती, खोया मेरा चैन।।
खोया मेरा चैन, कुंज की गलियाँ भटकूँ।
तज दूँ सारे मोह, तोहि चरणों में पटकूँ।।
रेनू जोड़े हाथ, क्षमा कर दीजे नान्हा।
सुन लो आज पुकार, दर्श दिखलाओ कान्हा।।

कुण्डलिया छन्द

छाया जिनकी मात है, सूर्य पिता का नाम।
पापों को संहारते, पूरण करते काम।।
पूरण करते काम, मोक्ष देते जो जापे।
शिव से है वरदान, काल भी डर से काँपे।।
बड़ा भयंकर कोप, नष्ट होती सब माया।
देते कितने रोग, देव की ऐसी छाया।।

कुण्डलिया छन्द

मैया का मंदिर सजा, ताक रही हूँ राह।
कृपा सुमन मुझको मिले, यह छोटी सी चाह।।
यह छोटी सी चाह, हरो सब संकट मेरे।
तन मन निर्मल होय, भक्त चरणों में तेरे।।
रेनू करती आस, डूब नहि जाये नैया।
पूरण करिये काज, विनय तुमसे है मैया।।

कुण्डलिया छन्द

तीनों जग के देवता, सब तुमको है भान।
भोले बन तांडव करें, सत्य सदा यह जान।।
सत्य सदा यह जान, भाव के प्रभु हैं भूखे।
चंदा दमके शीश, जटा गंगा बिन सूखे।।
रेनू करे पुकार, आज वर हमको दीनों।
शिव हैं पालनहार, नेत्र जिनके हैं तीनों।।

कुण्डलिया छन्द

पूजा उनकी सब करो, सिखा रहीं संतोष।
मन में पावनता भरें, दूर करें सब दोष।।
दूर करें सब दोष, साथ लाती हैं उन्नति।
ध्यान लगा जब भजो, तभी मिलती है सद्गति।।
करती रेनू विनय, बड़ी महिमा है जिनकी।
अखिल विश्व में राज, करो सब पूजा उनकी।।

कुण्डलिया छन्द

जोड़े पत्थर वह तभी, बनता एक मकान।
अपने घर में लौटकर, होती दूर थकान।
होती दूर थकान, सभी मिल खाते रोटी।
मिलकर रहते संग, नहीं है किस्मत खोटी।।
रेनू कहती बात, गरीबी मेल न तोड़े।
खाली जेब मजूर, रोज पाई को जोड़े।।

मत्तगयंद सवैया

सूझत है कछु और नहीं अब, रोग लगो सुनलो सब कैसो।
प्रानन ते प्रिय हो तुम केशव, सोचत रंग चढ़ो हिय वैसो।।
मातु सतावत माखन खावत, रूप धरो तुमने शिशु जैसो।
गाय चरावत वेणु बजावत, भाव बसो मन पावत तैसो।।

माहिया

सागर से हिय वाले
काटे सब पहरे
औ बंद सभी ताले।

झूठी जग की माया
बंधन भी झूठे
झूठी कंचन काया।

तेरी छवि बलिहारी
चरणों में आई
बन दुखिया में नारी।

माहिया

मइया किरपा करदो
बालक आये हैं
खाली झोली भरदो।

कितना संहार किया
पापी तार दिए
बहुतों को दान दिया।

भव से हमको तारो
आफत घेरे है
अपकारों को मारो।

कबसे करती विनती
साधक तेरी हूँ
राखो मेरी गिनती।

डॉ. वीरेन्द्र प्रताप सिंह 'भ्रमर'

मोबाइल - 9140710866
ईमेल - virendra7710@gmail.com
पुस्तकें - पद्य की पाँच पुस्तकें प्रकाशित
पता - पैलेस सूर्यवंशम्, सीतापुर रोड (वि. विश्व वि. के पास),
रानीपुर भट्ट, सीतापुर, चित्रकूट (उ.प्र.) पिन कोड 210205

सरसी छन्द आधारित गीत - चिन्तन

वाणी में बसन्त की आभा, शब्दों में मधुमास।
नयनों में जग की परछाईं, भावों में विश्वास।।

उमड़ घुमड़ मन-मेघ दुखों के, बढ़ा रहे हैं पीर।
बन जाते क्षण मे सहयोगी, निकल नयन के नीर।।
प्रीति पल्लवित हो आँगन में, जगे नया अहसास।
वाणी में बसन्त की आभा, शब्दों में मधुमास।।

सघन कंटकाकीर्ण पथिक की, राहें हों प्रतिकूल।
अन्तर्मन में आलोड़ित हो, फिर भी जीवन मूल।।
बिम्बित हो मानवता जग में, दानवता का ह्रास।
वाणी में बसन्त की आभा, शब्दों में मधुमास।।

चिन्तन में बस राष्ट्र-प्रेम हो, प्रभु का अटल भरोस।
नियति प्रवृति धर्माधारित हो, मन मे हो संतोष।।
पावों में तो स्पन्दन गति हो, और हृदय में प्यास।
वाणी में बसन्त की आभा, शब्दों में मधुमास।।

असंतृप्त मन के विकार को, मिले न मन का नेह।
'भ्रमर' नेह सम्मृद्ध न्यंचनी, पूरित पावन गेह।।
दैत्य दानवी दानवता का, बना रहा है ग्रास।
वाणी में बसन्त की आभा, शब्दों में मधुमास।।

सार छन्द आधारित गीत – पीड़ा

काँप रहे हैं होंठ हमारे, कैसे लिख दें गीत।
हिन्दी की दुर्दशा देखकर, अधोमुखी है जीत।।

हिन्द देश है हिन्दी अपनी, भूल रही पहचान।
दोहा छन्द सोरठा विस्मृत, कहाँ सवैया गान।।
पद, कवित्त, रोला, कुण्डलियाँ, लुप्त शिखरनी आज।
छन्द शास्त्र के शीश महल में, नव गीतों का साज।।
छन्द क्षितिज के हर कोने में, महके आज अगीत।
काँप रहे हैं होंठ हमारे, कैसे लिख दें गीत।।

छन्दों की गंधिल भाषा से, रूठ गया मधुमास।
छन्द राधिका और मालती, का शायद वनवास।।
तुलसी, सूर, जायसी, दिनकर, हुए निराला मौन।
भाव भरी चन्दन- सी साँसें, अब लेता है कौन।।
गाँवों से अब लुप्त हो रहे, फागुन के संगीत।
काँप रहे हैं होंठ हमारे, कैसे लिख दें गीत।।

आज खेत पर काट रही है, घर की धनिया धान।
पति के पीछे पीछे कुड में, बीज बपन में ध्यान।।
कहाँ गये वह गीत मौसमी, बिन अलाव की साँझ।
कहाँ गयीं ढोलक की थापें, और मँजीरे झाँझ।।
छन्दों की उर्वरा भूमि यह, बंजर लगे सभीत।
काँप रहे हैं होंठ हमारे, कैसे लिख दें गीत।।

हिन्दी के इस पावन दिन में, ले लें हम संकल्प।
छन्द शास्त्र का शब्दकोष में, मिलता नहीं विकल्प।।
छन्द गीत से निज हिन्दी को, पहनायें परिधान।
हरित, पीत, सित, श्यामल द्युति से, विहँसे हिन्दुस्तान।।
छन्दों में कोयलिया गाये, लौटे 'भ्रमर' अतीत।
काँप रहे हैं होंठ हमारे, कैसे लिख दें गीत।।

सार छन्द आधारित गीत - मनोवृत्ति

झनन झनन झन झन झंकारें, लहर - लहर लहरातीं।
मानव-मन मस्तिष्क मनोवृत्ति, मन - स्थैर्य मिटाती।।

जन-जीवन जीवन्त जटिलता, जड़ जंगम जयकारे।
आशिंजित, अविबुध, अविचारी, हेम - हेतुता हारे।।
वैचारिक वैभिन्न विविधता, मन संताप बढ़ातीं।
मानव-मन मस्तिष्क मनोवृति, मन - स्थैर्य मिटातीं।।

जीवन के इस हवन कुण्ड़ मे, अब आहुतियाँ डालो।
अविश्वास, अनुशोक, अविद्या, मन से आज निकालो।।
पीड़ा- व्रण प्रतिपूर्ति पनपती, पतित अपावन पाती।
मानव-मन मस्तिष्क मनोवृति, मन - स्थैर्य मिटाती।।

प्रतिकूलित-पग पथ-प्रवृत्ति में, बाधायें भर देते।
मानवता बिन मद विकार में, भ्रम में ही जी लेते।।
'भ्रमर' भाव भवितव्य भगीरथ, प्रमुदित करती छाती।
मानव-मन मस्तिष्क मनोवृति, मन - स्थैर्य मिटाती।।

सार छन्द आधारित गीत - व्यथित नायिका

नैन ताकते राह प्रीति की, सपन भरी परछाईं।
शीतलता क्यों दूर भागती, चन्दा की पहुनाई।।

पूरणमासी चाँद चाँदनी, यौवन से शरमाया।
आज परिन्दों की हलचल से, सोया प्यार जगाया।।
अंग - अंग की स्निग्ध त्वचा से, झंकृत है शहनाई।
नैन ताकते राह प्रीति की, सपन भरी परछाईं।।

जाने कब से सुधि बुधि भूली, पायन की पैजनिया।
चूनर चोली सोच रही है, रोके है सौतनिया।।
अस्त व्यस्त वस्त्राभूषण हैं, लट की गति बौराई।
नैन ताकते राह प्रीति की, सपन भरी परछाई।।

चिन्तातुर मुखमण्डल आभा, मन की पीर बताये।
धड़क रहे हैं उर उरोज अब, कौन उन्हें समझाये।।
चिन्ता की हैं मधुर लकीरें, यह मौसम तनहाई।
नैन ताकते राह प्रीति की, सपन भरी परछाई।।

मेरे मन मंदिर के चंदा, आकर गले लगाओ।
असमंजस के घोर अँधेरें, मन से 'भ्रमर' भगाओ।।
अंग- अंग मकरन्द भरा है, आज कली गदराई।
नैन ताकते राह प्रीति की, सपन भरी परछाई।।

मधुशाला छन्द - गाँव की गोरी

नयनों की मदमाती भाषा, छलकाती है मधु प्याला।
रतनारी आँखों की कोरें, चलती फिरती मधुशाला।।
मन में अन्तर्द्वन्द्व मचाते, होंठों के यह रस प्याले।
आँखों की रस भरी माधुरी, कर देती है मतवाला।।

गाँवों की अल्हड़ गोरी जब, कटि तक लट बिखराती है।
नागिन सी लट बल खाती-सी, बिजली -सी चमकाती है।।
कामदेव की तट नितम्ब में, लगी साधना की धूनी।
जब पाँवों के पाज़ेबों की, ध्वनि गोरी खनकाती है।।

अंग अंग मकरन्द सुगंधित, रँग बरसाती मधुशाला।
प्यालों से प्याला टकराती, यौवन की यह रँगशाला।।
मन के वीणा के तारों को, क्षण मे झंकृत कर देती।
काम शास्त्र की चलती फिरती, मुझको लगती है शाला।।

निर्निमेष अलकों में दिखता, जीवन का सतरंगी प्याला।
होंठों से वह पी लेता है, नयनों की मधुरिम हाला।।
बाला ही मधुशाला बनके, हर लेती मन की तन्द्रा।
नयनों के ही बाहुपाश में, बन्दी 'भ्रमर' बना डाला।।

सरसी छन्द आधारित गीत - रक्षाबंधन

झूम झूम कर बरसा सावन, घटा घिरी घनघोर।
धरती में पानी पानी है, मेघ बना चितचोर।।

धरती का धानी आँचल है, अम्बर लाल गुलाल।
वन्दनवार सजाती बहना, द्वार रँगोली डाल।।
अह्लादित है कण कण तृण तृण, नाच रहा मन मोर।
झूम - झूम कर बरसा सावन, घटा घिरी घनघोर।।

अमर संस्कृति रक्षाबंधन, बहनों का त्यौहार।
पतले धागों से आशा का, होता है संचार।।
रक्षित हो भैया बहनों का, माँ का धानी छोर।
झूम -झूम कर बरसा सावन, घटा घिरी घनघोर।।

रक्षा - कवच स्वदेशी लेकर, बहन परोसे थाल।
दम दम दम दम दमक रहा है, चंदन चर्चित भाल।।
महक रहे आँगन मुँडेर सब, अंग-अंग तन पोर।
झूम - झूम कर बरसा सावन, घटा घिरी घनघोर।।

नदी ताल वन बंजर चहकें, फूले फूल पलास।
स्वप्न सजाती पवन सुगंधित, जगा रही विश्वास।।
'भ्रमर' झंकरित स्वर सँग कूँजें, कोयल, मोर, चकोर।
झूम - झूम कर बरसा सावन, घटा घिरी घनघोर।।

शुचि क्षत्रिय (शुचि 'भवि')

मोबाइल - 9826803394
ई-मेल - shuchileekha@gmail.com
पुस्तकें - मेरे मन का गीत, बाँहों में आकाश
पता - बी-512, सड़क-4, स्मृति-नगर, भिलाई-नगर,
(दुर्ग) (छ.ग.)490020

सरसी छंद

बिना किए कुछ किसको मिलते, जीवन के सब रंग।
प्रभु ने जैसे देखिये दिए, हमको सारे अंग।।

सुंदर मानव का तन पाना, प्रभु की कृपा महान।
जीवन में हैं सुख-दुख दोनों, हार कभी मत मान।।

सभी जानते बैर पालना, जीवन नाशक रोग।
पर दिल ही दिल पाल रहे हैं, इसे आजकल लोग।।

क़दम बढ़ाओ तब जीवन की, बदलेगी तस्वीर।
सिर्फ़ सोचने से 'भवि' कैसे, सँवरेगी तक़दीर।।

सबके प्रिय जो बनना चाहो, पकड़ो सबका हाथ।
अनायास 'भवि' दुनिया देती, नहीं किसी का साथ।।

जाने कितने पेड़ उखाड़े, जाने कितने गाँव।
मिले कहाँ से हवा सुहानी, 'भवि' सुकून की छाँव।।

अक्सर काग़ज़ पर ही होते, 'भवि' सरकारी काम।
देखो जनता को मिलता है, कब तक सुख-आराम।।

नेताओं की मनमानी पर, 'भवि' बोलेगा कौन।
लोकतंत्र में अगर सोचिए, जनता बैठे मौन।।

देखो गलियों चौराहों पर, जब बढ़ते हैं पाप।
भारत माँ की चूनर होती, मैली अपने आप।।

टपक रही हो जहाँ झोपड़ी, और पूस की रात।
फिर विकास की चर्चा लगती, वहाँ निरर्थक बात।।

समझ लीजिए क़दम आपके, बर्बादी की ओर।
अंतस में यदि बेचैनी हो, करे आत्मा शोर।।

केवल मतलब की बातों से, आज भरा संसार।
जैसे नाहक़ सामानों से, सजे हुए बाज़ार।।

जब तक तन में जान रहेगी, लगे रहेंगे रोग।
सुख से जीना सौ वर्षों तक, तो 'भवि' कर ले योग।

आँख मूँदकर कभी करो तुम, यहाँ नहीं विश्वास।
दुनिया से अब पहले जैसी, ठीक नहीं 'भवि' आस।।

बूढ़ी आँखों ने देखे हैं, भवि कितने बदलाव।
सारे गाँव हुए शहीद अब, धर्म क़े बस अलाव।।

कभी देश में 'भवि' विकास का, चले न ऐसा दौर।
अपनी ही तारीफें हों बस, दिखे न कुछ भी और।।

जीतेजी 'भवि' कुछ भी करिए, रहे सदा ये ध्यान।
इस जीवन का अंतिम सच है, मौत और शमशान।।

बाहर ही क्या आज घरों में, लुटती उसकी लाज।
नारी कैसे सपने देखे, ज़रा सोचिए आज।।

पुण्यकर्म ही सदा आपके, चलते हैं भवि साथ।
ध्यान रहे ये पापकर्म में में, कभी न जाएँ हाथ।।

अगर समय के साथ चढ़ें वो, जीवन के सोपान।
तो बच्चे 'भवि' समयपूर्व ही, होंगे नहीं जवान।।

सँभल नहीं पाते 'भवि' अक्सर, बिखर चुके जज़्बात।
'भवि' जब अपनों से मिलती है, अश्कों की सौग़ात।।

सबसे मिलकर हँसकर रहिए, क्या है नफ़रत-बैर।
छोड़ो अपना और पराया, कौन यहाँ है ग़ैर।

बरस रहे हैं बादल होता, काश तुम्हारा संग।
याद तुम्हारी तंग कर रही, मन में अजब उमंग।।

चाहे जितना हासिल कर लें, आप किताबी ज्ञान।
बिन अनुभव के कभी नहीं 'भवि', हो सकते विद्वान।।

आँखों में अब रहा न जादू, बात में न अधिकार।
ऐसे हों हालात अगर तो, कैसे हो इज़हार।।

जाने कितने शासन बदले, और बनी सरकार।
मगर देश है अब भी निर्धन, जय हो भ्रष्टाचार।।

मुझे आपसे कभी बिछड़ना, नहीं हुआ मंज़ूर।
बेशक मेरा ही दिल मुझसे, रहा हमेशा दूर।।

पता नहीं क्यों मन की ख़ुशियाँ, मुँह लेती हैं फेर।
मगर ईश पर मुझे भरोसा, होगा कभी सवेर।।

प्रभु की माया को 'भवि' समझो, जल्दी जाओ चेत।
ज़रा समय को पहचानो ये, ज्यों मुट्ठी की रेत।।

गुज़रा ऐसा एक हादसा, सभी खड़े थे मौन
माली ने ही कली मसल दी, करे शिकायत कौन।।

वर्तमान में फैला है भवि, चारों ओर प्रपंच।
रिश्तों की बर्बादी के भी, सजे हुए हैं मंच।।

'भवि' चल सकती भला नहीं क्यों, कहो भीड़ के साथ।
लेकिन उसकी चाह यही है, मिले तुम्हारा हाथ।।

ख़ुद्दारी है अच्छी लेकिन, बनो नहीं कमज़र्फ़।
अहंकार में बढ़ा रहे हो, क्यों रिश्तों पर बर्फ़।।

मिल जाएँगी यहाँ आपको, बाक़ी सभी उमंग।
लेकिन परहित करने का 'भवि', मन में ढूँढ़ो रंग।।

मिटे जा रहे हैं धरती से, मर्यादा औ' संत।
घर-घर 'भवि' सत्संग करो तब, हो शायद यह अंत।।

विचलित होकर मोहन बोले, राधा क्यों हो मौन।
रात-रात भर मुझे जगाए, सिवा तुम्हारे कौन।।

कभी किसी से यूँ मत कहिये, कोई ऐसी बात।
भूख प्यास मर जाए उसकी, नींद न आए रात।।

उजला-उजला लगे आज क्यों, मुझको अपना रंग।
सपनों में ही मुलाकात थी, सच्ची लगे उमंग।

क्या होगा ये जगत छोड़कर, या लेकर वैराग्य।
कर्मों से जो अपने भागा, क्या हो उसका भाग्य।।

साँप जगत में टेढ़ा चलता, बिल में सीधी चाल।
मानव का भी है दुनिया में, साँपों सा ही हाल।।

चंदा लोरी गीत थपकियाँ, ममता प्यार दुलार।
अब बस यादें हैं ये बातें, बचपन हुआ फ़रार।।

अपने कर्मों का फल सबको, मिलना है 'भवि' जान।
मन के अंदर पाप भरा तो, क्या फल दें भगवान।।

दिल-दिमाग़ में युद्ध छिड़े तो, दिल की होती जीत।
लेकिन मन के हारे किसको, मिलती अपनी प्रीत।।

जाने क्यों बस कहने को कुछ, कह जाते हैं लोग।
कहे हुए का पालन भी हो, तो है सच का योग।।

आ जाएगा कभी भेड़िया, सच ही कोई रात।
नाहक़ उसका शोर करो मत, बड़ी ग़लत ये बात।।

पर पीड़ा में हँसते हो 'भवि', भूले तरुवर छाँव।
ऐसी आदत से दुनिया में, टिकते किसके पाँव।।

केवल पीड़ा का क्यों रखते, ध्येय आजकल लोग।
परेशान भी रहते हैं औ', मिले न कोई भोग।।

मेरे मन में हैं तस्वीरें, कितनी नामालूम।
कैनवास पर उतर गयीं सब, करें उँगलियाँ धूम।।

ग़ैरों को दे कोई कैसे, बातों का अधिकार।
जीवन में 'भवि' नामुमकिन है, मिले सभी से प्यार।।

मौन-क्रोध है वहाँ लाज़मी, जहाँ सामने ढीठ।
ऐसे ढीठों के आगे 'भवि', यही मुनासिब पीठ।।

सूर्यकान्त गुप्ता

मोबाइल - 09827987998, 07974466865
ई-मेल - suryakant.gupta256@gmail.com
पता - 1009, 'लता प्रकाश', वार्ड नंबर 21,
श्री राम किराना स्टोर के पास सिंधिया नगर दुर्ग (छ.ग.)

कुण्डलिया छंद

वेदों के ज्ञाता

ज्ञाता वेदों के हुए, लिखे अनेकों ग्रंथ।
शाखाएँ विकसित हुईं, नाम धरावत पंथ।।
नाम धरावत पंथ, लक्ष्य सब साधें एका।
किंतु काज वे संत, कहाँ करते हैं नेका।।
स्वर्ग नर्क लें जान, रखे कर्मों से नाता।
देते यह उपदेश, यहाँ वेदों के ज्ञाता।।

धड़कन

धड़कन दिल की क्या कहें, कितना सहे तनाव।
खान पान खालिस नहीं, तन यह व्याधि पड़ाव।।
तन यह व्याधि पड़ाव, मानसिक चिन्ता देता।
क्या छोड़ो क्या खाव, स्वाद-सुख वह हर लेता।।
कबहुँ न मन भटकाव, अंग में हो जब फड़कन।
योगासन अपनाव, चले बढ़िया दिल धड़कन।।

ज़रूरती

जाहिर करें ज़रूरती, चीजें क्या हैं खास।
अन्न वस्त्र घर और क्या, रखते अपने पास।।

रखते अपने पास, आज क्या गैर ज़रूरी।
आता हमको त्रास, देख सबकी मज़बूरी।।
रह रत भोग विलास, सकेलन में सब माहिर।
राज करत अन्याय, देखिये जी जग जाहिर।।

ज़रूरत

रहता इस संसार में, कौन ज़रूरतमंद।
निम्न उच्च मध्यम यहाँ, शब्दजाल में फंद।।
शब्दजाल में फंद, वर्ग मध्यम फँस जाता।
उच्चवर्ग को ऐश, निम्न को माँगन भाता।।
किंतु ज़रूरत तोरि, वर्ग बिन देखे कहता।
आज ज़रूरतमंद, कहूँ हर कोई रहता।।

नेता

नेता तो पाखंड का, बन बैठा पर्याय।
जन मानस को चाहिए, कोई उचित उपाय।।
कोई उचित उपाय, चुने वह ऐसा मुखिया।
सबका काम कराय, रहैं मत कोई दुखिया।।
दौलत लिया सकेल, घूस वह फिर भी लेता।
करे न जो पाखंड, कहो वह कैसा नेता।।

कविता

कविवर कविता में रचें, हास्य करुण अरु ओज।
श्रोता शासक पर करें, हुए असर की खोज।।
हुए असर की खोज, अमल में क्या वो लाते।
बना नीतियाँ रोज, मौज वे खूब उड़ाते।।
धारदार रख बात, गिनावें कमियाँ जी भर।
हित समाज रख ध्यान, सुनायें कविता कवि वर।।

जालजगत

जालजगत गुन दोष का, कैसे करूँ बखान।
जनता का बसता दिखे, जालजगत में प्रान।।
जालजगत में प्रान, रात दिन खोये इसमें।
स्वतः प्रशंसा चाह, नहीं रहती है किसमें।।
कहता यह नादान, चढ़ी है बस इसकी धुन।
कैसे करूँ बखान दोष सँग, जालजगत गुन।।

गाँव की यादें

यादें हैं उस गाँव की, खेत खार खलिहान।
लगती थी धरती हमें, मानो स्वर्ग समान।।
मानो स्वर्ग समान, चला करती पुरवाई।
देती महक बिखेर, डाल अमुआ बौराई।।
रहें खुदा भगवान, सुनें सबकी फरियादें।
पूरी करें मुराद, गाँव की मीठी यादें।।

कलयुगी संत

ऐसे कितने संत हैं, बनते दाता राम।
उपदेशक सँग जानिये, प्रेमी क्रीड़ा काम।।
प्रेमी क्रीड़ा काम, दुष्ट वे बड़े अधर्मी।
अंध भक्त की भीड़, देख बढ़ती बेशर्मी।।
करें स्वयं को सिद्ध, मगर ईश्वर हों जैसे।
चाम नज़र रख गिद्ध, संत बन बैठे ऐसे।।

हिन्दी पखवाड़ा

पखवाड़ा मनता यहाँ, मास सितंबर खास।
हिन्दी के उत्थान का करते छद्म प्रयास।।
करते छद्म प्रयास, उड़ाते इसकी खिल्ली।
पितृ पक्ष का श्राद्ध, करें जस तर्पण तिल्ली।।
सरकारी सब काम, आँग्ल में करे कबाड़ा।।
अद्भुत हिंदी प्रेम, मना हिंदी पखवाड़ा।।

आचरण

पीढ़ी देखें आज की, पढ़ने में है तेज।
किंतु आचरण में लगे, बिल्कुल ही निस्तेज।।
बिल्कुल ही निस्तेज, डूब वह देहाकर्षण।
रखें न प्रेम सहेज, देख खोता आकर्षण।।
अभिभावक दें ध्यान, दिखावें सीधी सीढ़ी।।
संस्कार उद्यान, बचा लें अब की पीढ़ी।।

झंझावात

रख आशा की आस यह, दुनिया है गतिशील।
झंझावातों का कहर, रहा शांति को लील।
रहा शांति को लील, जगे अब जनता सारी।
देख आँख मत मूँद, पकड़ लें भ्रष्टाचारी।।
धरे हाथ पर हाथ, बैठ मत छोड़ निराशा।
लेकर सबको साथ, बदल दे युग रख आशा।।

सार छंद - परदेश

देश कहें परदेश कहें अब, दूर नहीं यह जानें।
दिल से दूरी रखे आदमी, वह परदेशी मानें।।1।।

ख्वाहिश मात पिता सब रखते, बच्चा होवे ज्ञानी।
सात समंदर पार करे वह, धन लाये मनमानी।।2।।

साधन वायुयान का उत्तम, हरदम उड़कर जावें।
चकाचौंध परदेश देख वे, मन गोता लगवावें।।3।।

जाकर पर संतान वहाँ जब, अपना पैर जमाते।
बूढ़े माँ बाबू जी को वे, आश्रम राह दिखाते।।4।।
काम पड़ोसी परिजन ही सब, अंत समय पर आते।
सात समंदर बैठे बच्चे कंधा दे नहि पाते।।5।।

आल्हा छंद - मेरे हिंद की सेना

सैनिक सरहद खड़े रात दिन, करते अपनी जान निसार।
राजनीति के भँवर जाल में, फँसकर रुक जाता यलगार।।1।।

आतंकी को पाल पोसकर, भेज रहा नापाकी पाक।
भारत माँ का ताज झपटने, रहा दुष्ट वह अवसर ताक।।2।।

शहादतें कितनी अब झेले, मात पिता बहुएँ लाचार।
बंद करें घड़ियाली आँसू, सुधि अब तो लेवे सरकार।।3।।

विभीषिका भी सोचें किंचित, कितनी बड़ी तबाही लाय।
कपटी चीनी कुटिल चाल चल, देख रहें कैसा धमकाय।।4।।

खींच तान आपस में करते, सत्ता से रहता अति मोह।
जासूसी कर दुश्मन लेता, अपनी कमजोरी की टोह।।5।।

मिलजुलकर सब आगे आयें, सोचें समाधान श्रीमान।
यही एकता अनेकता में, बन जाती असली पहचान।।6।।

वीर जवानों की सेना तुम, शत शत नमन करो स्वीकार।
रणबाँकुरों देश के बेटों, तुम ही रक्षा के आधार।।7।।

बाल-प्रसंग

कविता खण्ड

आशा शैली

मोबाइल - 9456717150, 8958110895, 7055336168
ईमेल - asha.shaili@gmail.com
पुस्तकें - विभिन्न विधाओं की 15 पुस्तकें
पता - सम्पादक, शैल सूत्र त्रैमासिक पत्रिका, कार रोड
लालकुआँ, 262402, नैनीताल, उत्तराखण्ड

सूरज चाचा क्यों गुस्साए

सूरज चाचा क्यों गुस्साए,
क्या तुम माँ से पिट कर आए?

हम पर गुस्सा दिखलाते हो,
क्यों गर्मी से झुलसाते हो?

पर्वत-पर्वत बर्फ गलाई,
कैसी तुमने आँख दिखाई।

सूख रहा नदियों का पानी,
चाचा अब न करो मनमानी।

कैसे गुस्सा सह पाएँगे,
धरती पर ना रह पाएँगे

नया सवेरा

एक बात समझो तो बच्चो, नया सवेरा होगा
अपनी धरती पर फिर से खुशियों का घेरा होगा।

नदियाँ नाले सूख चले हैं
कमी हुई पानी की,

पेड़ काट जंगल फूँके
हद कर दी मनमानी की,
जंगल नए लगें तब हरियाली का डेरा होगा...
अपनी धरती पर फिर से खुशियों का घेरा होगा।

अब जंगल में आने से
पंछी भी डर जाते हैं,
कहाँ लगाएँ वे डेरा
मन ही मन घबराते हैं,
हरे-भरे पेड़ों पर, उनका सुखद बसेरा होगा
अपनी धरती पर फिर से खुशियों का डेरा होगा।

स्वच्छ पवन से स्वास्थ्य हमारा
पल-पल पोषित होगा,
धरती पर हर ओर
सुखद जीवन है घोषित होगा,
रोग दूर भागेंगे सारे, अन्न घनेरा होगा
अपनी धरती पर फिर से खुशियों का डेरा होगा।

हमारा प्यारा भारत देश

हमारा प्यारा भारत देश
हमारा प्यारा भारत देश
हमको प्यारा देश हमारा
प्यारा है परिवेश
हमारा प्यारा भारत देश।

इसने हमको प्यार सिखाया,
नहीं करें तकरार सिखाया
इसकी मिट्टी का कण-कण
देता है शुभ संदेश
हमारा प्यारा भारत देश।

हरी-भरी उपजाऊ धरती
पेट सभी जीवों का भरती
कल-कल बहती नदियाँ इसकी
करें दूर सब क्लेश
हमारा प्यारा भारत देश।

गीता और कुरान यहाँ हैं
राम और रहमान यहाँ हैं
सभी प्यार का पाठ पढ़ाते
नहीं सिखाते द्वेष
हमारा प्यारा भारत देश।

गणपति बप्पा कुछ तो बोलो

गणपति बप्पा कुछ तो बोलो
क्यों मुँह सी कर बैठे हो
थाली भर-भर लड्डू खाते,
फिर किस बात पे ऐंठे हो?

तुमसे पूछें कोई बात तो
क्या हमको बतलाओगे?
सच्ची कहना, बप्पा हमको
तनिक नहीं बहकाओगे

हमको बतलाओ बप्पा
गर बन्दर के मूँछें होतीं
कैसा होता अगर पिरोता
मैं उनमें काले मोती?

बन्दर मामा अगर घुमाते
मुखड़ा तो माला हिलती,
काले मोती, काली मूँछें

मामा के मुख पर खिलती

सींग गधे के होते तो मैं
इक घण्टी लटका आता
गधे राम जब लोट लगाते
टन-टन सुर बजता जाता।

रोज-रोज चन्दा मामा
घर आने से क्यों डरते हैं?
हमें बताओ गणपति बप्पा
बाहर वे क्या करते हैं?

क्या वो मुँह टेढ़ा करके
हम सब को जीभ दिखाते हैं
मैं जब उनसे मिलने जाऊँ
बादल में छुप जाते हैं।

मेरे प्रश्नों का उत्तर
तुम कभी नहीं दे पाते हो
गणपति बप्पा इसीलिए
क्या लम्बा मुँह लटकाते हो?

बादल

सागर से उठते हैं बादल, पर्वत तक वो जाते हैं।
गर्मी हमें डराती है, ये इंतजार करवाते हैं।।

सागर से पर्वत तक रस्ता,
बहुत कठिन और दूर बहुत
हवा अनोखी मानसून इक,
पर वह भी मग़रूर बहुत
उसी हवा के कन्धे पर होकर सवार यह आते हैं।

लगे सूखने ताल-तलैया,
जंगल-खेत औ' घर आँगन
गर्मी से झुलसे जब धरती,
घबराने लगता है मन
आँगन में कागज की नौका, आकर ये चलवाते हैं।

बहे पसीना सबके तन से
सूरज आँख दिखाए जब,
गर्मी से घबराकर घर में
दुबक सो गए सबके सब,
लेकिन ये हम सबकी खातिर सूरज से भिड़ जाते हैं।

हिम (बर्फ)

तेरे कई नजारे ओ हिम
लगती कितनी प्यारी तू

जल है तेरा पिता और
बरखा रानी तेरी माता
सर्दी तेरी सहोदरा है
पर्वत से तेरा नाता
बादल की गोदी में छिपकर
बनती है मतवारी तू

यूँ गुपचुप ही हौले-हौले
मेरे घर में आती है
दूध धुली-इक चादर बनकर
धरती पर बिछ जाती है
लाल-लाल पैरों को करती
लगती कितनी न्यारी तू

रहती ऊँचे पर्वत पर तू

पेड़ों पर नाचा करती
बच्चों के मुँह में चीनी के
सँग-सँग झट से घुलती
फूलों जैसी कोमल है तू
है कपास की क्यारी तू

गौरी शंकर वैश्य विनम्र

मोबाइल - 9956087585
ईमेल - gsvaish51@gmail.com
पुस्तकें - बाल विज्ञान कविताएँ, पर्यावरणीय बाल कविताएँ
पता - 117 आदिल नगर विकास नगर, लखनऊ 226022

जंगल में मंगल

जंगल भर में छाया मंगल
सब पशु भूले करना दंगल

गैंडा दादा गाते गाना
नाच दिखाते भालू नाना

स्वाँग रचाएँ बंदर मामा
हाथी गाए सारेगामा

बिल्ली लगी सितार बजाने
मोर अंकल के बोल सुहाने

डीजे स्वर में शेर दहाड़े
हिरण पीटने लगा नगाड़े

बच्चो, तुम भी हिलमिल खेलो
प्रेमभाव का प्रण तुम ले लो

हरियाली

धरती की शोभा हरियाली
जीवन में लाए खुशहाली
चलो प्रकृति का मान बढाएँ
आओ हम सब वृक्ष लगाएँ

हरे भरे हों खेत बाग वन
देख देख कर झूमे तन-मन
पशु-पक्षी आनन्द मनाएँ
आओ हम सब वृक्ष लगाएँ

रंग-बिरंगी उड़ें तितलियाँ
गुनगुन गाएँ भ्रमरावलियाँ
गाँव-शहर को स्वस्थ बनाएँ
आओ हम सब वृक्ष लगाएं

आसपास जो भूमि रिक्त हो
पौधों से वह स्नेहसिक्त हो
पुष्पों से घर-घर महकाएँ
आओ हम सब वृक्ष लगाएँ

हरी घास मखमल सी कोमल
वातावरण बनाए शीतल
रोग प्रदूषण दूर भगाएं
आओ हम सब वृक्ष लगाएं

रोबोट

मित्र हमारा है रोबोट
जिसका अपने हाथ रिमोट

हाथ पैर सिर मानव जैसे

मानव निर्मित अजब मशीन
बिना थके दिन-रात ढंग से
कठिन कार्य में रहता लीन

खाना-पानी नहीं चाहता
ना इसकी नीयत में खोट

कार इलेक्ट्रॉनिक्स दवा की
फैक्ट्रियों में करता काम
कर लेता निर्माण जटिलतम
नहीं करे पलभर आराम

गैस, टैंक, सागर, सुरंग में
उसको तनिक न लगती चोट

कहीं मनुष्यों से अच्छा है
अगर सजग हो रख लें ध्यान
कर सकता नुकसान अत्यधिक
सिर्फ मशीनी इसका ज्ञान

जन्म दिवस पर मुझे पिता जी
दिलवा दो नैनो रोबोट

बचत

बचत भली आदत अपनाओ
आज बचाओ, कल मुस्काओ

जेबखर्च के बचे रुपये जो
अपनी गुल्लक में ही डालो
सोच समझकर खर्च करो धन
आवश्यक हो तभी निकालो

पोस्ट ऑफिस या किसी बैंक में
बचत बैंक खाता खुलवाओ...
आज बचाओ, कल मुस्काओ

जल अनमोल महत्ता समझो
झटपट करो नहाना-धोना
नल की टोंटी खुली न छोडो
जल के बिना पड़ेगा रोना

बूँद-बूँद से घट भरता है
जल को कभी न व्यर्थ बहाओ...
आज बचाओ, कल मुस्काओ

बिजली अतिशय उपयोगी है
सीमित उसका उत्पादन है
पंखा टीवी खुला न छोडो
बिजली अनुपम ऊर्जा-धन है

व्यय को स्वयं नियंत्रित करके
सुख-सुविधा का लाभ उठाओ...
आज बचाओ, कल मुस्काओ

भोजन उतना लो थाली में
जितनी खाने की इच्छा हो
रुके अन्न की बर्बादी यदि
सोचो तब कितना अच्छा हो

स्वाद साथ हो ध्यान उदर का
जब पार्टी-दावत में जाओ...
आज बचाओ, कल मुस्काओ

झोलाछाप

सुबह सैर पर निकले, भालू चाचा और जिराफ
मिली लोमड़ी ताई, जो थी ओढ़े हुए लिहाफ

बढ़ी हुई थी खाँसी, ज्वर से बहुत रही थी काँप
बंदर जी थर्मामीटर से ताप रहे थे नाप

ज्यों ही लम्बी सुई निकाली, भालू जी ने डाँटा
लेकर झोला चलो यहाँ से, वरना दूँगा चाँटा

भोले-भाले को ठगते हो रंग चढ़ाकर गाढ़ा
ताई को मैं स्वस्थ करूँगा, देकर तुलसी काढ़ा

पूर्ण ज्ञान के बिना चिकित्सा करना है दुखदायी
झोलाछाप चिकित्सक मामा, बात समझ में आयी

कृत्रिम उपग्रह

कृत्रिम उपग्रह आसमान से
विविध आँकड़े, भेजें आज
धूल भरी आँधी, लू, पानी
कब आएँ, रखता निगरानी
ज्वालामुखी, समुद्र धाराएँ
कहाँ-कहाँ उत्पात मचाएँ
चित्र खींचकर स्वयं भेजता
घटनाओं के पकड़ मिजाज...
दूर वनों में आग लगी हो
चक्रवात भरी आँधी हो
मेघों का आकार-ऊँचाई
वायु-गति कितनी दुखदायी
सही भविष्यवाणी के द्वारा
खोल रहा मौसम का राज...

है किसान के लिए सहायक
तकनीकों से सज्जित नायक
भारत का खगोल विज्ञान
दूर गगन में भरे उड़ान
मोबाइल - गूगल पर मिलते
ऋतुओं के बदले अन्दाज...

त्रिलोक सिंह ठकुरेला

मोबाइल - 09460714267
ईमेल - trilokthakurela@gmail.com
पुस्तकें - नया सवेरा (बाल-साहित्य), काव्यगंधा (कुण्डलिया संग्रह)
पता - बँगला संख्या- 99, रेलवे चिकित्सालय के सामने,
आबू रोड -307026, जिला - सिरोही (राजस्थान)

चिड़िया

घर में आती जाती चिड़िया
सबके मन को भाती चिड़िया

तिनके लेकर नीड़ बनाती
अपना घर परिवार सजाती,
दाने चुन चुन लाती चिड़िया...
सबके मन को भाती चिड़िया

सुबह-सुबह जल्दी जग जाती
मीठे स्वर में गाना गाती,
हर दिन सुख बरसाती चिड़िया...
सबके मन को भाती चिड़िया

कभी नहीं वह आलस करती
मेहनत से वह कभी न डरती,
रोज काम पर जाती चिड़िया...
सबके मन को भाती चिड़िया

हँसना, गाना कभी न भूलो
साहस हो तो नभ को छूलो,
सबको यह सिखलाती चिड़िया...
सबके मन को भाती चिड़िया

वर्षा आई

रिमझिम-रिमझिम वर्षा आई
ठण्ढी हवा बही सुखदाई

बाहर निकला मेंढक गाता
उसके पास नहीं था छाता
सर पर बूँदें पड़ीं दनादन
तब घर में लौटा शर्माता

उसकी माँ ने डाँट लगाई
रिमझिम-रिमझिम वर्षा आई

पंचम स्वर में कोयल बोली
नाच उठी मोरों की टोली
गधा रँभाया ढेंचू ढेंचू
सबको सूझी हँसी ठिठोली

सब बोले अब चुपकर भाई
रिमझिम रिमझिम वर्षा आई

गुड़िया बोली - चाचा आओ
लो कागज़ की नाव बनाओ
कंकड़ का नाविक बैठाकर
फिर पानी में नाव चलाओ

नाव चली, गुड़िया मुस्काई
रिमझिम रिमझिम वर्षा आई

चींटी

नन्हीं, काली, हिम्मतवाली
चींटी बड़ी निराली है
दौड़ लगाती कभी न थकती
वह कितनी बलशाली है

बहुत अधिक मेहनत करती है
लेकिन थोड़ा खाती है

जब उसको गुस्सा आता है
हाथी से लड़ जाती है

जल्दी जगती रोज सवेरे
देर रात को सोती है
खुद से अधिक भार ले जाती
बड़ी साहसी होती है

चींटी कहती - प्यारे बच्चो
मिलकर कदम बढ़ाओ तुम
मेहनत करो, न हिम्मत हारो
जो चाहो वह पाओ तुम

मीठे और रसीले आम

मीठे और रसीले आम, दादाजी के बाग़ में
हम जाते जब होती शाम, दादाजी के बाग़ में

कच्चे और पके आमों से
झुकी बाग़ की डाली,
रात और दिन करते रहते
दो माली रखवाली,

तोते आते रोज तमाम, दादाजी के बाग़ में
मीठे और रसीले आम, दादाजी के बाग़ में

अच्छे लगते आम रसभरे
हम सब मिल कर खाते,
आम फलों का राजा होता
दादाजी समझाते,

नीलम, केसर, लँगड़ा आम, दादाजी के बाग़ में
मीठे और रसीले आम, दादाजी के बाग़ में

आम बहुत गुणकारी होता
सेहत सही बनाता,
और आम के पत्तों से भी
रोग दूर हो जाता,

गुठली के मिल जाते दाम, दादाजी के बाग़ में
मीठे और रसीले आम, दादाजी के बाग़ में

भोजन

आओ बच्चो, तुम्हें सिखायें
भोजन का विज्ञान
भोजन से ही ताकत आती
भोजन से मुस्कान

कार्बोहाइड्रेड और विटामिन
भोजन से हम पाते
खनिज, वसा, प्रोटीन मिलें
जब अच्छा भोजन खाते,
भोजन से ही जीवन चलता,
बचती सबकी जान...

भोजन से ही ताकत आती
भोजन से मुस्कान

सदा संतुलित भोजन देता
पोषक तत्व जरूरी,
इस शरीर की सभी जरूरत
भोजन करता पूरी,
सही समय पर करते रहना
तुम बढ़िया जलपान...
भोजन से ही ताकत आती
भोजन से मुस्कान

अच्छा भोजन करके ही
रोगों से हम लड़ पाते,
मन को स्वस्थ बनाता भोजन
तब ढंग से पढ़ पाते,
प्यारे बच्चों, कभी न रहना
तुम इससे अनजान...
भोजन से ही ताकत आती
भोजन से मुस्कान

अंतरिक्ष की सैर

नभ में तारे कई देखकर
इक दिन बबलू बोला
अंतरिक्ष की सैर करें, माँ
ले आ उड़न खटोला

कितने प्यारे लगते हैं
ये आसमान के तारे
कौतूहल पैदा करते हैं
मन में रोज हमारे

झिलमिल झिलमिल करते रहते
हर दिन हमें इशारे
रोज भेज देते हैं हम तक
किरणों के हरकारे

कोई ग्रह तो होगा ऐसा
जिस पर होगी बस्ती
माँ! बच्चों के साथ वहाँ
मैं खूब करूँगा मस्ती

वहाँ नये बच्चों से मिलकर
कितना सुख पाऊँगा
नये खेल सीखूँगा मैं,
कुछ -उनको सिखलाऊँगा

निशा कोठारी

मोबाइल - 9831063444
ईमेल - nishakothari26@gmail.com
पता - 5 सी/एफ अन्नदा नियोगी लेन, बाग बाजार
कोलकाता 700003

अपने देश की मिट्टी

कितनी मोहक कितनी प्यारी
अपने देश की मिट्टी

मिट्टी सोना चाँदी बोती
मिट्टी देती हीरे मोती
मिट्टी पेट पालती सबका
मिट्टी में खुशहाली होती

पूरे जग में सबसे न्यारी
अपने देश की मिट्टी

बारिश की बूँदें जब पड़तीं
सोंधी सोंधी खुशबू उड़ती
सही तरीका अपनाया तो
औषध बन रोगों से लड़ती

दूर भगाती है बीमारी
अपने देश की मिट्टी

इस मिट्टी की आन बचाने
कितने हुए शहीद दिवाने

मिट्टी में भगवान देखते
मिट्टी को सब माँ भी मानें

जनती वीर पूत संस्कारी
अपने देश की मिट्टी

कुछ सपने कुछ नाम दाम यश
कुछ बस केवल मजबूरीवश
दूर हो गए हैं जो इससे
उनकी उलझन और कशमकश

समझे टीस कसक लाचारी
अपने देश की मिट्टी

संता दादा

खुश सारे बच्चों का मन
सुनकर घंटी की टन-टन

संता दादा आये हैं
बच्चों के मन भाये हैं
लाल-लाल थैले में भर
कितने तोहफे लाये हैं

भूल गए झगड़े अनबन
सुनकर घंटी की टन-टन

हँसी खुशी की फुलझड़ियाँ
केक काटने की घड़ियाँ
क्रिसमस ट्री पर सजी हुईं
झिलमिल झालर और लड़ियाँ

झूम रहा है घर आँगन
सुनकर घंटी की टन-टन

जब मन का बच्चा गाए
सब खुशियों पर इतराए
मन के सच्चे भावों की
तान सभी के मन भाए

धरे ताक पर सब चिंतन
सुनकर घंटी की टन-टन

तितली रानी

तितली रानी तितली रानी
कहाँ तुम्हारा घर?
पक्की ईंटों की छत है या
मिट्टी का छप्पर?

कहो कहाँ से तुम आती हो
और कहाँ उड़ जाती
सोती कहाँ, कहाँ उठती हो
बैठ कहाँ तुम खाती
तुमको नहीं देखती हूँ मैं
रुका हुआ पल भर...

इतने सुन्दर पंख बताओ
कैसे तुमने पाये
रंग बिरंगे फूलों से क्या
बोलो रंग चुराये
मन करता है इन रंगों को
लूँ कूची में भर...

काश कभी ऐसा हो जाये
मैं तितली बन जाऊँ
सुन्दर-सुन्दर पंख ओढ़कर
डोल-डोल इतराऊँ
नानी के घर हो आऊँ उड़
फर-फर फर-फर फर...

कितने अच्छे लगते सब

ये बूँदों की टप-टप
ये पैरों की छप-छप,
ये बरखा की झम-झम
ये भीगा सा मौसम,
गीली सी मिट्टी की ये सौंधी सी खुशबू
मन को सच्चे लगते सब
कितने अच्छे लगते सब

ये बचपन की बातें
कश्ती की सौगातें,
इन्द्रधनुष का आना
यूँ अम्बर पर छाना,
चाय-पकौड़ी लेकर आँगन में जब आते
तब बच्चों से लगते सब
कितने अच्छे लगते सब

झूले लाया सावन
है कितना मनभावन,
त्यौहारों का आना
मेघ-मल्हार सुनाना,
कुदरत की इन अनुपम सौगातों के आगे
सौदे कच्चे लगते सब
कितने अच्छे लगते सब

गिली-गिली पाशा

काश ज़िन्दगी होती ऐसी
जैसे हो जादुई तमाशा
बम-बम चिक-चिक गिली-गिली पाशा

बचपन वाले संगी साथी
से ही होते रिश्ते नाते
कभी झगड़ते कभी रूठते
कभी मानते कभी मनाते
कोई कड़वा नीम लगे तो
कोई मीठा खील बताशा
बम-बम चिक-चिक गिली-गिली पाशा

कपड़ों में से फूल निकलते
फूल अचानक बने कबूतर
देख हवा में उड़ती लड़की
बाहर ताली धक धक भीतर
सच में भी ऐसा कुछ होता
पल में तोला पल में माशा
बम बम चिक चिक गिली-गिली पाशा

पलक झकपते ही पलकों से
दुख हर इक ओझल हो जाये
ऐसी कोई छड़ी मिले जो
दर्द सभी के दूर भगाये
कोई ऐसा मंतर जंतर
जो भर दे हर दिल मे आशा
बम-बम चिक-चिक गिली-गिली पाशा

बातों में मीठा रस घोल

बीत गयी है रात पुरानी
लिखने को इक नई कहानी
दस्तक देती भोर सुहानी
पलकों के दरवाज़े खोल

चंदा मामा भाग गया है
लेकर तारों वाली झालर
सूरज दादा ने फैलाई
प्यारी-प्यारी पीली चादर

नींद उड़ा दे नील गगन में
जल्दी से कर बिस्तर गोल

विद्यालय की कर तैयारी
बस्ता बोतल और टिफ़िन ले
झटपट-झटपट पढ़ ले लिख ले
फट से रट कर गिनती गिन ले

काम काज में लगना होगा
नहीं चलेगी टालमटोल

खेल खेलना मिलजुल रहना
कभी लड़ाई मत करना तू
जीत सके तो सबसे अच्छा
मगर हार से मत डरना तू

सबका प्यारा बनना है तो
बातों में मीठा रस घोल

प्रियंका गुप्ता

मोबाइल - 09919025046
ई-मेल - priyanka.gupta.knpr@gmail.com
पुस्तकें - विभिन्न विधाओं की 6 पुस्तकें
पता - एम.आई.जी-292, कैलाश विहार, आवास विकास योजना संख्या-एक, कल्याणपुर, कानपुर-208017 (उ.प्र)

जाड़ा आया

जाड़ा आया, जाड़ा आया
आकर उसने हुकुम चलाया
मफ़लर, स्वेटर, कोट निकालो
साथ रजाई शाल भी लाओ

जाड़ा आया, जाड़ा आया
मूँगफली का मौसम लाया
कुल्फ़ी-आइस्क्रीम गए सब
नए-नए पकवान हुए अब

जाड़ा आया, जाड़ा आया
घर में नई व्यवस्था लाया
दादा बैठे ओढ़ रजाई
बबलू बैठा ओढ़ दुलाई

जाड़ा आया, जाड़ा आया
मम्मी बोली ऊधम लाया
पापा कहते यह लो भाई
अब तो रोज बदलनी टाई

निराली छटा

चन्दा चमके चम-चम-चम-चम
दिप-दिप करते तारे
अँधियारी सी रातों में
लगते हैं ये प्यारे

दमक-दमक कर सूरज दमके
बादल बरसे घन-घन
कड़क-कड़क कर बिजली चमके
हवा चले है सन-सन

प्रकृति की हर छटा निराली
सब रूपों में भाए
सुख-दुख में तुम कभी न रुकना
हमको यह सिखलाए

चिड़िया रानी

चिड़िया रानी, चिड़िया रानी
मेरे आँगन में तुम आना
रोज सवेरे जब आओगी
डालूँगी मैं तुमको दाना

अपने छोटे-छोटे मुख से
मुझको मीठे गीत सुनाना
मैं भी साथ तुम्हारे मिलकर
गाऊँगी एक गीत सुहाना

मैं जब देखा करती तुमको
आसमान में उड़ते
सोचा करती हूँ मेरे भी
काश पंख दो होते

मैं भी उड़ती साथ तुम्हारे
पंखों को फैलाकर
इधर-उधर मैं घूमा करती
नदियाँ पर्वत पोखर।

पहाड़ा गीत

एक एक्कम एक
ज़रा सामने देख।
एक दूनी दो
बीज प्रेम का बो।
एक तियाँ तीन
हैलो मिस्टर बीन।
एक चौके चार
किसी को न मार।
एक पंजे पाँच
दोष अपने जाँच।
एक छक्के छह
देश की बोलो जय।
एक सत्ते सात
बड़ों की मानो बात।
एक अट्ठे आठ
सीख बाँधो गाँठ।
एक नवम नौ
उठो फटते पौ।
एक दशम दस
अब करो बस।

सवेरा

हुआ सवेरा चिड़ियाँ चहकीं
फूल हँसे और कलियाँ महकीं

गुन-गुन करता भँवरा आया
नवल भोर का गीत सुनाया

पंख पसारे तितली उड़ती
इधर-उधर इतराकर मुड़ती

निंदिया से अब दुनिया जागी
अपने काम काज को भागी

देर तलक जो भी सोते हैं
प्रातः का पल-पल खोते हैं

ठण्डी-ठण्डी पवन बहे जो
स्वस्थ रहोगे यही कहे वो

ताजी-ताजी साँस भरो तुम
अब न आलस और करो तुम।

तितली रानी

तितली रानी, तितली रानी
पास हमारे आओ न,

पंखों को फैला कर उड़ना
हमको भी सिखलाओ न,

नीले, पीले, लाल, हरे इन
रंगों में भरमाओ न,

जीवन का हर रंग समाया
तुमने अपने तन-मन में

सतरंगों की बौछारों में
हमको भी नहलाओ न,

मस्ती से तुम रहती कैसे
हमको भी सिखालाओ न,

तितली रानी, तितली रानी
पास हमारे आओ न।

महेन्द्र भटनागर

मोबाइल - 09729730048
ई-मेल - drmahendra02@gmail.com
पुस्तकें - विभिन्न विधाओं की 18 पुस्तकें
पता - 110, बलवन्तनगर, गाँधी रोड
ग्वालियर -474002, मध्य प्रदेश

वर्षा

सर-सर करती चले हवा
पानी बरसे झम-झम-झम

आगे-आगे
गरमी भागे
हँस-हँस गाने गाएँ हम

सर-सर करती चले हवा
पानी बरसे झम-झम-झम

मेंढक बोलें
पंछी डोलें
बादल गरजें, जैसे बम

सर-सर करती चले हवा
पानी बरसे झम-झम-झम

नाव चलाएँ
खूब नहाएँ
आओ कूदें धम्मक-धम

सर-सर करती चले हवा
पानी बरसे झम-झम-झम

खेलें खेल

छुक-छुक करती आयी रेल
आओ, हिल-मिल खेलें खेल

आँख-मिचौनी, खो-खो और
दौड़ा-भागी सब-सब ठौर

टिन्नू मिन्नू पिन्नू साथ
हँस-हँस और मिला कर हाथ

कूदें -फाँदे घर दीवार
चाहें जीत मिले या हार

कसरत करना हमको रोज़
ताक़तवर हो अपनी फ़ौज

सब कुछ करने को तैयार
नहीं कभी भी हों बीमार

आपस में सबसे रख मेल
छुक-छुक करती आयी रेल

हिमालय

भारत-माँ का ताज हिमालय

ऊँचा-ऊँचा नभ को छूता
युग-युग जगने वाला प्रहरी,

जगमग-जगमग करती जिसमें
किरनों से मिल बर्फ सुनहरी,

तूफ़ानों का या हमलों का
जिसको कभी नहीं लगता भय
भारत-माँ का ताज हिमालय

बहती जिसमें माला-सी दो
गंगा - यमुना की धाराएँ,
टकरा-टकरा कर छाती से
जिसके जाती बरस घटाएँ,

हरी-भरी की धरती जिसने
किया हमारा जीवन सुखमय
भारत-माँ का ताज हिमालय

दीपावली

जगमग-जगमग करते दीपक
लगते कितने मनहर प्यारे,
मानों आज उतर आये हैं
अम्बर से धरती पर तारे...

दीपों का त्यौहार मनुज के
अतंर तम को दूर करेगा,
दीपों का त्यौहार मनुज के
नयनों में फिर स्नेह भरेगा...

प्रेम सभी से बाँटेंगे और
एक नया नाता जोड़ेंगे
और उमंगों की फुलझड़ियाँ
घर-घर में सुख से छोड़ेंगे...

दीवाली का स्वागत करने
आओ हम भी दीप जलाएँ,
दीवाली का स्वागत करने
आओ हम भी नाचे गाएँ....

चाँद

चाँद आसमान में निकल रहा
श्याम रूप रात का बदल रहा
मुँह पुनीत प्यार से भरा हुआ
मन सरल दुलार से भरा हुआ

आ रहा किसी सुदेश से अभी
मंद - मंद मुसकरा रहा तभी
साथ रोशनी नयी लिए हुए
वेश मौन साधु-सा किए हुए

नींद का संदेश भेजता हुआ
स्वप्न भूमि पर बिखेरता हुआ
दूर के पहाड़ से सरक-सरक
झूल पेड़-पेड़ में, झलक-झलक

और है न ध्यान, खेल में मगन
सिर्फ़ एक दौड़ की लगी लगन
आसमान चढ़ रहा बिना रुके
ढाल औ' चढ़ाव पर बिना झुके

चाँद का बड़ा दुरूह काज है
व्योम का तभी तो चाँद ताज है

हम मुस्कुराएँगे

संकटों में भी सदा हम मुस्कुराएँगे

हम करेंगे सामना तूफ़ान का
डर नहीं हमको तनिक भी प्राण का
ध्यान केवल मातृ - भू के मान का
देश की स्वाधीनता के गीत गाएँगे...
संकटों में भी सदा हम मुस्कुराएँगे

हो भले ही राह में बाधा प्रबल
हम रहेंगे निज भरोसे पर अटल
एकता हमको बनाएगी सबल
हम कड़े श्रम से, धरा पर स्वर्ग लाएँगे...
संकटों में भी सदा हम मुस्कुराएँगे

जगमगाते दीपकों से प्यार है
पास फूलों का मधुर उपहार है
लक्ष्य में हँसता हुआ संसार है
एक दिन दुनिया सुनहरी कर दिखाएँगे...
संकटों में भी सदा हम मुस्कुराएँगे

राजकुमार जैन राजन

मोबाइल - 09828219919
ईमेल - licrajan2003@gmail.com
पुस्तकें - विभिन्न विधाओं की बीस से अधिक पुस्तकें
पता - चित्रा प्रकाशन, आकोला-312205, (चित्तौड़गढ़) राजस्थान

पेड़ लगाओ

बात पते की खुद भी समझो
और सभी को तुम समझाओ,
अगर चाहिये शुद्ध हवा तो
घर-आँगन में पेड़ लगाओ।

धूल, धुआँ, जहरीली गैसें
पी जाते हैं ये तो सारी,
शुद्ध ऑक्सीजन दें हमको
रक्षा हरदम करें हमारी।

अपने सर पर धूप झेलकर
सबको यह देते हैं छाया,
अपना फल देते दूजों को
स्वयं कभी ना कुछ भी खाया।

पेड़ों के कितने ही गुण हैं
इनकी महिमा सबसे न्यारी,
इनकी देखभाल रक्षा की
हम सबकी है जिम्मेदारी।

बस्ते का बोझ

तुम्ही बताओ मुझको
कैसे विद्यालय मैं जाऊँ,
बोझा बस्ते का है भारी
उठा नहीं मैं पाऊँ,

सब मुझसे कहते रहते हैं
अच्छे बच्चे पढ़ते,
कभी नहीं वो अपनी जिद पर
बिना बात ही अड़ते,

नहीं समझता कोई आखिर
क्यों मेरी मजबूरी,
रट्टू तोता बनने से क्या
शिक्षा होती पूरी,

प्यारे भगवन बात बड़ों को
बस इतनी समझा दो,
बोझा इस भारी बस्ते का
कुछ हल्का करवा दो।

रोबोट एक दिला दो राम

रोबोट एक दिला दो राम
सहज सरल हों सारे काम
साथ रहेगा सदा हमारे
'रोबू' होगा उसका नाम।

भारी भरकम बस्ता भी
रोबू ले जाएगा स्कूल,
होम वर्क ये झट कर देगा
हम खेलेंगे टेंशन भूल।

रोबू किया करेगा फिर तो
मेरे घर के सारे काम,
मम्मी को भी मिल जाएगा
कुछ पल को थोड़ा आराम।

कभी बोर होऊँगा तो ये
बोलेगा बस प्यारी बात,
करवाओ चाहे जो कुछ भी
चाहे दिन हो चाहे रात।

आसमान में उड़ी पतंग

लहर-लहर कर पुरवा के संग
आसमान में उड़ी पतंग।

उड़ती ऊँचा, ऊँचा, ऊँचा
कोई न उससे आगे पहुँचा,
जीवन में भरती नव रंग...
आसमान में उड़ी पतंग।

बादल से बातें करती
नभ में लहराती फिरती,
ज्यों सागर में उठी तरंग...
आसमान में उड़ी पतंग।

कट के पर जब गिर जाती
लूट बड़ी तब मच जाती,
छिड़ जाती बच्चों में जंग...
आसमान में उड़ी पतंग।

मीठी-मीठी नींद

सुबह बहुत ही आती है
मीठी-मीठी नींद
हमको खूब सुहाती है
मीठी-मीठी नींद।

सबको अच्छी लगती है
काली-काली रात,
रातें लेकर आती हैं
निंदिया अपने साथ।

जब तक रहता अँधियारा
तब तक रहती संग,
धूप सुनहरी चढ़ते ही
हो जाती है भंग।

'उठो' स्कूल का समय हुआ
झटपट जाओ जाग,
अम्मा की आवाज से
निंदिया जाती भाग।

कहती मीठी नींद सुबह
अब आलस को छोड़,
फिर आऊँगी रातों को
दिन से नाता जोड़।

रेल

नदिया-सी लहराती रेल
नागिन सी बलखाती रेल
मन को खूब लुभाती रेल

गाँव-गाँव और नगर-नगर
सबको सैर कराती रेल

बीच पहाड़ों के चलकर
नदिया सी लहराती रेल
नहीं पूछती जात-पात को
सबको ही बिठलाती रेल।

गाती है छुक-छुक का गीत
सीटी मधुर बजाती रेल
अपनी-अपनी मंजिल तक
सबको है पहुँचाती रेल।

स्टेशन जब आ जाता
मुस्काती रुक जाती रेल
सबको अपने घर पहुँचा
तब अपने घर जाती रेल।

गुस्सा कभी न करती भाई
चारा भी सिखलाती रेल
रुको नहीं मंजिल से पहले
हमको ये सिखलाती रेल।

राजेश कुमारी 'राज'

मोबाइल - 8126539706
ईमेल - rajeshvirendra@gmail.com
पुस्तकें - विभिन्न विधाओं की चार पुस्तकें
पता - E1/1, CQA (I) Estate, लाडपुर, रायपुर
देहरादून - 248008, उत्तराखंड

गौरैया

जंगल उपवन खेतों-खेतों, ढूँढें दाना गौरैया
चूँ-चूँ करता चिन्ना चुनमुन, चुग्गा लाती जब मैया
दाना लेकर लौटे जब घर, माँ को देख मचलता है
नन्हे-नन्हे पंख हिलाकर, फुदक-फुदक कर चलता है

धूप मेह से रक्षा करती, छुपा नीड़ में रखती है
खतरे का आभास हुआ तो, झट पंखों से ढकती है
धीरे-धीरे बड़ा हुआ तो, नन्हे को बाहर लाती
फड़फड़ कर पंखों को अपने, उसको उड़ना सिखलाती

माँ के पोषण की ऊष्मा से, पंखों में ऊर्जा पाई
एक दिवस उड़ गया न लौटा, माँ को देकर तन्हाई
सूना-सूना देख घोंसला, दुखित हृदय से माँ आती
नई आस में नई डाल पर, नवल नीड़ में लग जाती

गिलहरी (दोहे)

एक गिलहरी चुनमुनी, पहने भूरा कोट
कुट-कुट करके शान से, खाती है अखरोट

बच्चों को प्यारी बहुत, लगती उनको ख़ास
आती इठलाकर कभी, फुदक-फुदक कर पास

कतरन कपड़े की मिले, या धागों का जाल
मुँह में लेकर भागती, इस डाली उस डाल

बिस्तर सुन्दर गदबदा, अच्छा सा जलपान
अपने बच्चों का बहुत, रखती है वो ध्यान

शर्मीली होती बहुत, आहट जो सुन जाय
पूँछ उठाकर भागती, हाथ कभी ना आय

चुनमुन चूजा

चुनमुन चूजा ये छोटा है
पर कुछ ज्यादा ही खोटा है
पल में जगता पल में सोता
भूख लगे तो कितना रोता

अम्मा दाना ढूँढ़ रही है
इसको लेकिन सब्र नहीं है
एक मिनट में करे सियापे
चोंच खोल कर राग अलापे

तिनका-तिनका है उलझाया
नीड़ कहीं तब ये बन पाया
जब ये चूजा जग में आया
माँ का श्रम तब ही फल पाया

माँ की ममता सबसे न्यारी
जो इस नन्हे पर बलिहारी
पंखों में जब दम आएगा
एक रोज ये उड़ जाएगा

नई एक छतरी

बच्चाः

माँ-माँ देखो बादल आये
रिम-झिम रिम-झिम बूँदें लाये

विद्यालय का समय हुआ है
बाहर पानी भरा हुआ है

साथी सारे टांट कसेंगे
टूटी छतरी देख हँसेंगे

भीग न जाएँ पुस्तक सारी
पकड़ न ले मुझको बीमारी

टीचर जी को चिट्ठी लिख दो
आज मेरी तुम छुट्टी कर दो

माँः

रेन कोट ये पहन पुराना
नहीं चलेगा आज बहाना

एक नयी छतरी ला दूँगी
मगर बहाना नहीं सुनूँगी

अब बरसेगी हर दिन बदरी
जल्दी मँगवा दूँगी छतरी

सुन्दर स्वप्न सलोना तुम

भारत देश के प्यारे बच्चों
कर लो आज प्रतिज्ञा तुम
उज्ज्वल कर दो अपने दम से देश का कोना कोना तुम

वीरों ने जब कष्ट उठाये
अपनी जान गँवाई है
खून से रँग दी अपनी भूमि
तब आजादी पाई है

गाँधी जी और वीर भगत का
सुंदर स्वप्न सलोना तुम
उज्ज्वल कर दो अपने दम से देश का कोना कोना तुम

वीर बनो रणधीर बनो तुम
अन्वेषक या बनो निरीक्षक
देश की गरिमा है तुम से ही
भारत माँ के बनना रक्षक

मुश्किल से आजादी पाई
इसे कभी ना खोना तुम
उज्ज्वल कर दो अपने दम से देश का कोना कोना तुम

मातृभूमि पर संकट आये
शक्ति का आह्वान करो
राष्ट्र ध्वजा को लहराओ तुम
और दिल से सम्मान करो

कितने तेज बवंडर आयें
धीरज कभी न खोना तुम
उज्ज्वल कर दो अपने दम से देश का कोना कोना तुम

मेरी दीदी

मेरी दीदी प्यारी दीदी, खुश होती मुस्काती
बैठ रेल में संग सखी के, छुट्टी में घर आती
मेरी दीदी प्यारी दीदी, लाडो मात-पिता की
शान बढ़ाती चले देश की, पहने वर्दी खाकी

मेरी दीदी प्यारी दीदी, जितनी भोली भाली
सरहद पर दुश्मन के आगे, बनती दुर्गा काली

मेरी दीदी प्यारी दीदी, सेना की अधिकारी
वो सौ-सौ दुश्मन के ऊपर, पड़ जाती है भारी

मेरी दीदी प्यारी दीदी, कहते जिसको गंगा
नाज़ उसी पर अपना करता, हिन्दुस्तान तिरंगा

मेरी दीदी प्यारी दीदी, सीता हो या गीता
हैं भारत की ताकत ये सब, देवी शक्ति पुनीता

डॉ० विष्णु सक्सेना

मोबाइल - 9412277268, 9027027260
ईमेल - vishnu.sanskar@gmail.com
पुस्तकें - चार गीत संग्रह
पता - UG-18 कृष्णा अपार्टमेंट, मॉडल टाउन वेस्ट,
ग़ाज़ियाबाद, 201001, उत्तर प्रदेश

जन्मदिवस

अंश प्रखर श्रेया और अर्जुन
सब मेरे घर आना,
जन्म दिवस है मेरा देखो
कोई भूल न जाना,

चॉकलेट केक मँगाया उस पर
क्रिकेट टीम बनवाई,
रंग-बिरंगे गुब्बरों से
हर दीवार सजाई,
तरह-तरह के मास्क मँगाए
उनको सभी लगाना....

खेलेंगे हम पासिंग पार्सल
और म्यूजिकल चेयर,
थोड़ा-थोड़ा डांस करेंगे
थोड़ा सा एडवेंचर,
केक काट कर फिर खाएँगे
तरह-तरह का खाना....

देखो तुम सब प्यारे-प्यारे
गिफ़्ट्स भले मत लाना,

ख़ूब देर तक रुकने की पर
परमीशन ले आना,
पार्टी से जल्दी जाने का
करना नहीं बहाना....

पहला कदम ज़रूरी है

मत घबरा तुझमें और मंजिल में थोड़ी सी दूरी है
चाहे जितना भी मुश्किल हो पहला कदम ज़रूरी है

सूरज को मत देख घूर कर
तुझको अंधा कर देगा,
तेरे जीवन में पूनम की जगह
अमावस धर देगा,
क्यों भटका फिरता जब तेरे पास एक कस्तूरी है
चाहे.....

तट पर बैठे-बैठे तेरे
हाथ कहाँ कुछ आएगा,
रत्न मिलेंगे तुझको जब
सागर के तह में जायेगा,
कुछ ना आया हाथ समझना डुबकी अभी अधूरी है।
चाहे.....

घने तिमिर के जंगल से
इक दिया अकेला जूझ रहा,
और उजाले में भी तू
चलने का रस्ता बूझ रहा,
हिम्मत से बढ़ता जा प्यारे सुबह बहुत सिंदूरी है।
चाहे.....

फिर भी होगी भोर

रातें कितनी ही लंबी हों फिर भी होगी भोर
छिपा हुआ है हर सन्नाटे में प्यारा सा शोर

हर असफलता के पीछे इक
सफल कहानी ढूँढ़,
मरुथल में भी मिल जाएगा
तुझको पानी ढूँढ़,
हर मावस के पीछे नाचे पूनम का इक मोर

ठोकर खाकर हो जाना झट
उठने को तैयार,
दृढ़ निश्चय होगा तो कैसे
जाएगा तू हार,
बहते जाना बहते जाना पवन बहे जिस ओर

मंजिल बहुत कठिन है
फिर भी तू चलना मत छोड़,
जीवन अंक गणित है
ग़म को घटा, खुशी को जोड़,
नफरत पर बरसा दे बादल प्यार भरे घनघोर

एक दिन फूल से तितलियों ने कहा

एक दिन फूल से तितलियों ने कहा,
कैसे रहते हो खुश तुम हरेक हाल में?
फूल बोला कि खुश्बू लुटाता हूँ मैं
जब कि रहता हूँ काँटों के जंजाल में

एक दिन पेड़ से पंछियों ने कहा-
मस्त रहते हो कैसे हरेक हाल में?
पेड़ बोला कि मिलता मुझे इसमें सुख,

बाँट देता हूँ जो फल लगें डाल में

एक दिन होंठ से आँख ने ये कहा
मुस्करा कैसे लेते हो हर हाल में?
होंठ बोले ' है कोशिश किसी आँख से,
कोई आँसू न आये नये साल में'

एक दिन मैंने मन्दिर में पूछा प्रभो,
आप से भी बड़ा कौन कलिकाल में?
बोले, 'माँ-बाप से है न कोई बड़ा,
सब चढ़ा दो वहाँ, जो रखा थाल में'

ऐसी कार दिला दो पापा

चॉकलेट मुझको मत दो
रह जाऊँगा मैं बिन खाये,
ऐसी कार दिला दो पापा
जो चंदा के घर जाए

रंग बिरंगे स्टीकर्स लगा कर
चारों ओर सजा दूँगा,
अगर कोई रस्ते में आया
झट से हॉर्न बजा दूँगा,
उसको सैर कराऊँगा मैं
जो भी मेरे संग आए
ऐसी कार...

महँगा है पेट्रोल न जाने
किसकी कारस्तानी से,
मेरी गाड़ी ऐसी लाना
जो चलती हो पानी से,
ऐसी मत लाना जो रुक

जाए, फिर धक्का लगवाए
ऐसी कार...

स्टेयरिंग पर मैं बैठूँगा
गाड़ी तेज़ भगाऊँगा,
चाँद सितारों से मिलने मैं
उनके घर तक जाऊँगा,
सब बाधाएँ पार करूँगा
पापा मैं बिन घबराए
ऐसी कार...

आँख उसकी भेदनी है

लक्ष्य बिल्कुल सामने है और प्रत्यंचा तनी है
उड़ रही है एक चिड़िया आँख उसकी भेदनी है

आँख का हर एक आँसू
हर्ष का संकेत देता,
बूँद बारिश की गिरे तो
झट मरुस्थल सोख लेता,
हर अँधेरे की तरफ ही ढूँढ़ना इक रौशनी है
उड़ रही......

युद्ध में अभिमन्यु बनकर
मत लड़ाई ठानना,
व्यूह में घुसकर निकलने
का हुनर भी जानना,
जीतना है रण अगर तो ये कला भी सीखनी है
उड़ रही......

तुम अगर चाहो तो मिट्टी को
खरा सोना बना दो,

रेत में भी तुम हुनर से
दूध की नदियाँ बहा दो,
इक नया इतिहास रच दो पास में जब लेखनी है
उड़ रही......

आज क्यों रावण के आगे
राम फिर खामोश हैं,
क्यों समर में एक शक्ति
से लखन बेहोश हैं,
क्यों नहीं लाते पवन सुत प्राण हित संजीवनी है
उड़ रही......

सीमा अग्रवाल

मोबाइल - 9810290517
ईमेल - thinkpositive811@gmail.com
पुस्तक - ख़ुशबू सीली गलियों की (गीत-नवगीत)
पता - Plot B-9/3, Flat 6/702 शक्तिकुंज अपार्टमेंट
सेक्टर 62, नॉएडा 201301, गौतम बुद्ध नगर, उत्तर प्रदेश

तेरा नन्हा सा बेटा मैं...

तेरे आँचल की ले सुगंध
माँ दूर गगन तक जाऊँगा
तेरा नन्हा सा बेटा मैं
जब बहुत बड़ा हो जाऊँगा

माँ कभी कभी मन कहता है
मैं अन्तरिक्ष में उड़ जाऊँ
पढ़ लिख कर बन मैं एस्ट्रोनाट
तारों संग बैठूँ बतियाऊँ

चन्दा को चन्दा के किस्से
उस तक जा कर बतलाऊँगा
तेरा नन्हा सा बेटा मैं
जब बहुत बड़ा बन जाऊँगा

गाँधी सुभाष आज़ाद भगत
आज़ादी के परवानों के
सुनता हूँ जब तुझसे किस्से
भारत के वीर जवानों के

तब मन करता बनकर सैनिक

दुश्मन के होश उड़ाऊँगा
तेरा नन्हा सा बेटा मैं
जब बहुत बड़ा बन जाऊँगा

क्यों रोयें

क्यों रोयें यह कह कर बोलो
फूलों के संग काँटे क्यों हैं?
हम ऐसा भी कह सकते हैं
काँटों के संग फूल खिले हैं

रात अँधेरी जब आती है
जुगनू की टोली लाती है,
जगमग जगमग तारों से तब
नभ की झोली भर जाती है,
क्यों रोयें यह कह कर बोलो
तारों की किस्मत क्यों काली?
हम ऐसा भी कह सकते हैं
अँधियारों में दीप जले हैं

सागर का खारापन
नदियों को भी खारा कर देता है
पर सावन बन बरस उन्हें
निर्मल जल से फिर भर देता है

क्यों रोयें यह कह कर बोलो
सागर इतना खारा क्यों है
हम ऐसा भी कह सकते हैं
मोती हमको यहीं मिले हैं।

पिंटू और माली

उतर दुष्ट और नीचे आ तू अब न तुझे मैं छोड़ूँगा
आज तो तेरे हाथ पैर मैं इस डंडे से तोड़ूँगा

रोज़ चुराता आम बाग़ से शर्म नहीं तुझको आती
कैसे तेरे घर वालों को तेरी आदत है भाती

डाल गले में रस्सी तुझको खींच के घर ले जाऊँगा
तेरे पापा को जाकर मैं सारी बात बताऊँगा

पिंटू थर-थर काँप रहा था चीख रहा था जब माली
मन ही मन वो बोल रहा था जय दुर्गा जय-जय काली

नाम सुना जब पापा का तो डर का बादल बिखर गया
मन जो उसका सहम गया था पल भर में हो निडर गया

पेड़ के ऊपर बैठे-बैठे बोला ओ माली कक्का
क्यूँ तुम इतना चीख रहे हो कैच करो मेरा छक्का

पापा को सब बात बताने व्यर्थ कहाँ घर जाओगे
उनको भी तुम इसी बाग़ में किसी पेड़ पर पाओगे

कण-कण को चमकाएँ

ताल नदी झरने बादल सब देखो क्या कहते हैं
प्यासों की जो प्यास बुझाए वो मीठे लगते हैं

औषधि लकड़ी फल छाया घर देकर तरु कहता है
वो ही खुश रहता है जो औरों को खुश रखता है

सूरज चन्दा तारे जुगनू चमचम कर यह गायें
दोस्त चलो खुद को रौशन कर कण कण को चमकाएँ

प्रकृति सिखाती जीने के गुन हम सबको बिन बोले
प्यार लुटाओ जी भर अपना बिन मापे बिन तोले

दो दोस्त

बहुत दिनों के बाद मिले हो, कहो दोस्त तुम कैसे हो?
बस थोड़ा सा बड़े हो गए, ...वरना पहले जैसे हो

मुझको सारी बात बताओ, ...हरे भरे मेरे घर की
गाँव गली जो छूट गयी, उसके हर पोखर छप्पर की

अब भी क्या सूरज आँगन में, सुबह-सुबह आ जाता है?
छोटी सी गौरैया के संग ....चीं चीं चीं चीं गाता है?

रामू पिंकी रघुआ सब क्या अब भी उधम मचाते हैं?
याद मुझे करते हैं क्या जब गाय चराने जाते हैं?

कलुआ चाचा क्या वैसे ही जोर-जोर से गाते हैं?
चाय देर से मिलने पर क्या चाची पर चिल्लाते हैं?

अब भी बारिश में झूलों की मस्ती सब पर चढ़ती है?
क्या निनुआ की बेल अभी भी सर सर सर कर बढ़ती है?

कहो कहो ना दोस्त कहो ना जल्दी सारा हाल कहो
कितना रोया बाद मेरे वो पश्चिम वाला ताल कहो?

फिर तो उसके बाद शहर की भीड़ में मुझको रहना है
सूरज चन्दा बादल जल, अपनी मेहनत से गढ़ना है

धुआँ उगलती सड़कों पर दिन रात ही दौड़ लगानी है
बस मन के खुश रखने को यादों की यही निशानी है

जल्दी से इक बात आख़री और ज़रा मेरी सुनना
शहर लिवा ले जाने बस, आ जाएगी वरना

कभी कभी आ जाया करना, ...दोस्त ज़रा सा गाँव लिए
प्यारी सी उस दुनिया के ठंडी ठंडी सी छाँव लिए

मुझ में जो असली मैं हूँ उससे भी तो मैं बतियाऊँ
कभी कभी उस भोले भाले मुझसे भी मैं मिल पाऊँ

गोलू जी का पेट

गोलू जी का पेट कह रहा
मुझ पर दया करो भाई

चाट, पकौड़ी, पिज़्ज़ा, बर्गर
लड्डू, बर्फ़ी, सोनपापडी
जो भी मिलता छक कर खाते
बिन सोचे अगड़ी या पिछड़ी

खिंच खिंच कर मैं फट ही जाऊँ
इतना तो न भरो भाई

धक्का-मुक्की ठुस्सम-ठुस्सा
मेरे अंदर मचते हैं जब
बाहर तुम भी उछल उछल कर
चीख़म चिल्ली करते हो तब

जीभ चटोरी को समझाओ
कुछ तो धीर धरो भी

अगड़म- बगड़म खा खा कर क्यों
सेहत में करते हो घाटा

सुबह उठो कुछ दौड़ लगाओ
बिमारियों को कर दो टाटा

गुस्सा मत हो बात सुनो तो
चले कहाँ ठहरो भाई

बाल प्रसंग

कहानी खण्ड

अलका प्रमोद

मोबाइल - 09839022552
ईमेल - pandeyalka@rediffmail~com
पुस्तकें - विभिन्न विधाओं की 17 पुस्तकें
पता - 5/41 विराम खण्ड, गोमती नगर, लखनऊ 226010।

बन्दर के हाथ में उस्तरा

20 जनवरी 2050 की रात थी। जोजा सोकर उठा और पास में पड़ी इलेक्ट्रॉनिक नोट बुक में समाचार देखने लगा। आज की खबर बहुत बुरी थी। रासायनिक के बाद अब जैविक आक्रमण हो चुका था। इसका मतलब है कि वह भी इसकी चपेट में आ चुका है और उसे किसी भी बीमारी का प्रभाव हो सकता है। यूँ भी रासायनिक आक्रमण से बचने के लिये वह मास्क और पूरे शरीर को ढँकने वाला कवच तो सोते में भी पहनता ही था, पर अब इस जैविक आक्रमण से भी बचना पड़ेगा। यानि कि आज से उसका खाना पीना सब बन्द। वैसे भी वह प्रत्येक खाने की वस्तु को पहले एक्स तरंगों से पकाकर पूरी तरह सुखाकर ही खाता है, जिससे उस पर किसी भी बीमारी के जीवाणु न रह जायें। पर आज के समाचार के अनुसार तो इस बार एक ऐसा जीवाणु खाने और पीने की वस्तु में पाया गया है जो किसी भी किरण से नष्ट नहीं होता। अब तो एक ही रास्ता बचा है कि वह केवल ऑरगेनिक फूड के कैप्सूल खाये।

उसने तुरंत अपनी नोट बुक में नेट पर ऑरगेनिक फूड के लिये ऑर्डर बुक कराया। पता चला कि अब तक तो सारा ऑरगेनिक फूड बाजार में बिक चुका है। अब जोजा को समझ में नही आ रहा था कि क्या करे। तब उसने अपने रोबोट 'रूल' को बुलाया और अपनी समस्या बताई तो उसने कहा, ''यह कौन सी मुश्किल बात है, मैं अभी अणुओं को जोड़कर आपके लिये खाना बना देता हूँ।''

जोजा निश्ंचित हो गया। आज उसका मन कुछ आराम का था, अतः वह लेट गया। पर अभी कुछ क्षण ही बीते होंगे कि रूल आ गया और लगभग उसे

खींचकर उठाते हुए बोला, "यह क्या! सात बज गये और तुम लेटे हो।"

"अरे यार आज आराम का मूड है" जोजा ने कहा।

"क्या बात है, तुम तो पुराने जमाने के आदमी जैसी बात कर रहे हो।" रूल बोला।

जोजा को अपने को पुराने समय का आदमी कहलाना कुछ पसंद नहीं आया; उसने गुस्सा होते हुए कहा, "जरा सा आराम करने से कोई पुराने जमाने का थोड़े ही बन जाता है।"

"यह सब मैं नहीं जानता; यह तुम्हारे उठने का समय है तो तुम्हें उठना ही होगा।" रूल ने रोब से कहा।

आखिर मन ही मन भुनभुनाते हुए भी जोजा को उठना ही पड़ा। आज उसका मन नहाने धोने का भी नहीं हो रहा था, पर वह जानता था कि यदि वह ऐसा करेगा तो रूल फिर उसे जबरदस्ती बाथरूम में नल के नीचे खड़ा करके नहाने पर विवश कर देगा। उसे स्वयं पर ही गुस्सा आ रहा था कि उसने रूल को इतना समर्थ क्यों बनाया, जो आज वह उस पर ही अपना हुकुम चला रहा है।

पर अब वह कर ही क्या सकता था। तैयार होते होते एक बार उसके मन में आया कि क्यों न वह इस रूल को नष्ट कर दे; हर बात में अपने मन की चलाता है। मैंने ही उसे बनाया है और यह मुझी पर रोब दिखाता है। तभी पीछे से रूल ने आकर उसका हाथ मोड़ते हुए कहा-

"तुम मुझे नष्ट करने की बात सोच रहे हो? मैं तुम्हें नष्ट कर दूँगा।"

अब जोजा को याद आया कि उसने तो रूल की प्रोग्रामिंग इस तरह से की है कि वह उसके मन की बात भी पढ़ सकता है। उसे स्वयं पर भी गुस्सा आ रहा था कि उसने ऐसा रोबोट बनाकर स्वयं अपने ही लिये मुसीबत मोल ले ली है। रूल ने कहा, "अब पछताने से क्या होता है, अब तो तुम मुझे बना चुके हो।"

जोजा ने सिर पीट लिया। वह तो मन में भी नहीं सोच सकता।

रूल ने उसे कम्प्यूटर के सामने बैठने का आदेश देते हुए कहा, "अब तुम्हारे काम का समय हो गया है; चलो बैठो और काम करो।" फिर उसे आगे के लिये धमकी सी देते हुए बोला, "फिर कभी मुझे नष्ट करने की बात मत सोचना, क्योंकि वह तो तुम कर नहीं पाओगे।" जोजा को गुस्सा आ गया उसने कहा,

क्यों नहीं कर पाऊँगा? मैंने ही तो तुम्हें बनाया है''

''तुमने मुझे बनाया है, तो अपने आराम के लिये बनाया है।''

यह सुनकर जोजा चुप हो गया। सच तो यही था कि जोजा, रूल पर पूरी तरह निर्भर था। कौन सा उसका सामान कहाँ रखा है, खाना कैसे बनना है, जोजा को किससे कब मिलना है; यह सब जोजा को ही पता रहता था। अभी तक तो जोजा यह सोचकर शान में आ जाता था, कि उसने इतना सक्षम रोबोट बनाया है, पर आज उसे पहली बार यह समझ में आ रहा था कि वह तो रूल पर पूरी तरह से निर्भर हो गया है... उस पर करेला नीम चढ़ा कि उसने रूल को मन की बातें समझने की क्षमता भी दे दी। अब तो वह मन में उसको नष्ट करने की बात भी नहीं सोच सकता। यह तो गनीमत है कि इस समय रूल कमरे में नही है, नहीं तो उसका इतना सोचना भी आफत हो जाता।

अचानक उसे ध्यान आया कि उसने तो अपने कारखाने में कई ऐसे रोबोट तैयार किये हैं जो स्वयं सोच समझ सकते हैं और अपना निर्णय भी स्वयं ही ले सकते हैं। चलकर देखें उनका क्या हाल है। जोजा तो कई महीने से उधर गया ही नहीं, क्योंकि वह तो दूसरे प्रोजेक्ट में व्यस्त हो गया था।

जोजा तुरंत ही कारखाने की और चल दिया वहाँ पहुँचकर उसने जो देखा उसने तो उसके होश ही उड़ा दिये। उसने देखा कि वहाँ एक छोटा सा नया रोबोट है, जो लीडर बना सबको आज्ञा दे रहा है और सब उसके कहने के अनुसार काम कर रहे हैं। उसने एक अपने द्वारा बनाये पुराने रोबोट 'क्यामो' से पूछा

''यह कौन है? क्या कोई बाहर से आ गया? पर यह आया कैसे? मैं तो सारे रास्ते बन्द कर के जाता हूँ।'' तो उस रोबोट क्यामो ने उसे गर्व से बताया

''नहीं यह रोबोट तो हम सबने मिलकर बनाया है।''

'क्या!' जोजा आश्चर्य से उछल पड़ा। उसे समझ नहीं आ रहा था कि वह हँसे कि रोये। एक ओर तो उसे इस बात की खुशी थी कि उसके द्वारा बनाये गये रोबोट इतने विकसित हैं कि वह स्वयं रोबोट बना सकते हैं; पर वहीं उसे इस बात का भी अहसास भी था कि उसके परिणाम कितने भयंकर होने वाले हैं। फिर भी उसने फिलहाल तो उस रोबोट का परीक्षण करना प्रारम्भ किया। वह देखना चाहता था कि रोबोट द्वारा बनाया गया नया रोबोट किस स्तर का है।

"तुम मेरा क्या परीक्षण करोगे, तुम्हारे अंदर इतनी क्षमता ही नहीं है।" उस नये रोबोट ने व्यंग्य से कहा। जोजा मन ही मन खिसिया गया। उसने सोचा- 'यानि कि यह रोबोट महाशय भी मेरे बनाये रोबोट के समान मन की बात समझ लेते हैं।'

"समझ ही नहीं लेते, हम चाहें तो किसी के मन को अपने अनुसार चला भी सकते हैं।" नया रोबोट बोला।

"अब इतनी भी डींग मत हाँको; इतना विकसित रोबोट तो हम भी नहीं बना पाये हैं।" जोजा ने चिढ़कर कहा। जोजा को यह रोबोट बिल्कुल अच्छा नहीं लग रहा था। यह कुछ ज्यादा ही घमण्डी और बद्दिमाग था। उसकी बात सुनकर नया रोबोट तैश में आ गया और उसने देखते ही देखते सारे रोबोटों के मन में एक ही बात डाल दी कि युद्ध करो और तबाही मचा दो।

उसका अभी थोड़ी देर पहले पैदा हुआ डर सच सिद्ध हुआ। वहाँ के सारे रोबोट जो अभी तक शान्ति से अपने अपने काम कर रहे थे, अचानक युद्ध के लिये तैयार हो गए। क्षण भर में ही उन्होंने न जाने कितनी शक्तिशाली मिसाइल बना डाली और वे पूरा ब्रह्माण्ड नष्ट करने को तैयार थे। उन्होंने केवल पृथ्वी ही नहीं, बल्कि मार्स तक अपने यान भेजकर तबाही मचाने का प्लान बना लिया। जोजा यह देखकर हिल गया। इसका अर्थ था कि पूरा ब्रह्माण्ड नष्ट होने वाला था और उसका उत्तरदायी स्वयं जोजा था, जिसने ऐसे शक्तिशाली रोबोट बिना सोचे समझे बना डाले थे।

आज अपने जीवन में पहली बार उसे पछतावा हो रहा था और वह आँखें बन्द करके उन ईश्वर को याद करने लगा जिन्हें वह सदा नकारता आया था।

यह तो एक कहानी थी, जिसे पढ़ते-पढ़ते विधान एक सोच में डूब गया। वह भी तो बड़ा होकर एक वैज्ञानिक बनने के सपने देखता है। वह सदा ऐसे ही किसी रोबोट को बनाने की इच्छा रखता है, जो उसके सारे काम कर दे; पर आज कहानी के पात्र जोजा का जो हश्र हुआ, उसने विधान की आँखें खोल दीं। विधान के वैज्ञानिक बनने की इच्छा तो अब भी है, पर इस कहानी को पढ़कर इतना लाभ अवश्य हुआ कि आज उसे समझ में आ रहा था कि मास्टरजी जो कहावत कहते हैं कि 'बन्दर के हाथ में उस्तरा नहीं देना चाहिये' का क्या मतलब होता है। यानि की गलत हाथों में यदि शक्ति दे दी जाये तो उसका किस सीमा तक भयंकर परिणाम हो सकता है, यह किसी को नहीं पता। इसलिये वह ऐसा रोबोट कभी

नहीं बनाएगा, जो उसी का जीवन दूभर कर दे और धरती पर रोबोट को बनाने वाली मानव जाति का ही नामो निशान मिटाकर रख दे। विधान जो भी रोबोट बनाएगा, उसका पूरा नियंत्रण अपने पास रखेगा।

मशीनी जिन्न

रीतेश की छुट्टियाँ हो गयी थीं। चलो, कम से कम स्कूल से तो छुट्टी मिली, ये सोचकर रीतेश ने चैन की साँस ली। वह सोचने लगा ,काश! उसे बिस्तर पर ही खाना मिल जाए, उसे स्कूल का काम भी न करना पड़े; जो मजा बिस्तर पर सोने में है और कहीं नहीं है।

ऐसे ही सोचते हुए, लेटे-लेटे एक दिन उसने पास में रखी एक टार्च को उठाया और उसका बटन दबा दिया। उसने देखा कि अचानक चारों ओर प्रकाश फैल गया है और एक मशीन से बना मानव धीरे-धीरे उसकी ओर आ रहा है। वो घबरा गया। उसने पूछा कि तुम कौन हो, तो उस मशीनी मानव ने बताया कि, "मैं मशीनी जिन्न हूँ; तुम जब भी इस टार्च का बटन दबाओगे, मैं आ जाऊँगा और तुम जो कहोगे वो काम करूँगा; आज से मैं तुम्हारा गुलाम हूँ।"

यह सुनकर रीतेश तो खुशी से उछल पड़ा। उसे तो मन माँगी मुराद मिल गई। वो तो समझ ही नहीं पा रहा था कि क्या-क्या काम इस जिन्न से करवाए।

अब तो रीतेश के मजे हो गए। वो दिन भर बिस्तर पर आराम करता; यहाँ तक कि छुट्टियों में स्कूल का जो गृहकार्य मिला, वो भी उसने जिन्न से करवा लिया। अब तो टीवी देखना हो या खाना मँगाना हो, हर काम जिन्न करता। रीतेश को तो बिस्तर से भी नहीं उठना पड़ता था। अब रीतेश का खेलने का मन भी नहीं होता, दोस्त बुलाने आते तो साफ मनाकर देता। उसे तो जिन्न पर रोब मारने और आराम करने में मजा आ रहा था। कुछ दिन तो वह घर से भी नहीं निकला।

आखिर लेटे-लेटे उसकी पीठ दुखने लगी, फिर उसकी भूख भी ख़त्म होने लगी। जब बहुत बोर हो गया तो उसने सोचा चलो खेल आते हैं। पर यह क्या? जब उठने लगा तो उसके हाथ पैर साथ नहीं दे रहे थे। किसी तरह बगीचे में गया, तो दोस्तों ने मुँह फेर लिया। उसने कुछ बोलना चाहा, तो मीनू आँख नचाकर बोली, "जाओ जाओ खेलो अपने जिन्न के साथ, यहाँ क्यों आए हो?' उसने

अपने दोस्त राजू से कहा'' राजू! हम तो सदा तुम्हारा साथ देते हैं, क्या तुम भी हमें अपने साथ नहीं खेलने दोगे?''

राजू ने कहा, ''हाँ पहले तो तुम मेरा साथ देते थे, पर अपना जिन्न तो तुमने हमें नहीं दिखाया।''

फिर उसने मुँह बनाकर कहा,'' अगर तुम जिन्न से मेरा भी गृहकार्य करवा देते तो हम मानते कि तुम मेरे सच्चे दोस्त हो।''

रीतेश अपना सा मुँह लेकर घर आ गया और मम्मी के पास गया। वह बोला ''मम्मी! बाजार से सामान ला दूँ?''

मम्मी ने बड़े प्यार से उसे वापस बिस्तर पर भेज दिया और कहा, ''बेटा, तुम्हें तो आराम करना है; जाओ सो जाओ वर्ना छुट्टियाँ खतम हो जाएँगी।''

रीतेश समझ नहीं पा रहा था कि क्या करे। फिर उसने सोचा चलो जिन्न को बुलाया जाए और उसी से खेला जाये। पर वो तो इतना आलसी हो गया था कि उसने वो टार्च भी सँभालकर नहीं रखी और इधर उधर कहीं डाल दी। अब जब टॉर्च ही नहीं मिल रही थी तो जिन्न को कैसे बुलाए।

रीतेश खिसियाया सा मुँह लेकर लान में गया। वहाँ पापा पौधों में पानी डाल रहे थे। रीतेश पानी डालने को आगे बढ़ा, पर पापा ने झट हाथ से पानी का पाइप ले लिया और कहने लगे कि, ''मुझे अपना काम करने की आदत है, मैं किसी जिन्न या उसके गुलाम से काम नहीं कराता।''

रीतेश बिल्कुल रुआँसा हो गया और अपने कमरे जाकर रो पड़ा। उसे लगने लगा कि कब छुट्टियाँ खतम हों और वह स्कूल जाए। तभी उसकी नजर उस टार्च पर पड़ी जिसका बटन दबाने से मशीनी जिन्न आता था। कभी उसे देखकर रीतेश को लगता कि रीतेश एक राजा है और जिन्न उसका गुलाम। इशारा करने भर की देर कि काम पूरा। पर अब उसे लग रहा था कि वो खुद ही आलस का गुलाम हो गया है और इस सबका कारण है ये मशीनी जिन्न। न ये आता और न वह इतना आलसी बनता।

वह उठा और उसने उस टॉर्च को उठाकर पटक दिया, जिससे वह कभी भूले से भी जिन्न को वापस न बुला पाए। तभी उसे लगा कि मम्मी उसे झिंझोड़कर जगा रही हैं और कह रहीं हैं कि'' बेटा नींद में तकिया क्यों फेंक रहे हो?'' फिर पापा की आवाज आई'' उसे सोने दो न, आज तो छुट्टी है।''

तब उसकी समझ में आया कि ये तो सपना था। उसने चैन की साँस ली और तुरंत उठ गया। बोला, ''नहीं पापा मैं और अधिक नहीं सोऊँगा, मैं जा रहा हूँ बाग में टहलने; परिश्रम स्वास्थ्य के लिए अच्छा होता है।''

पापा और मम्मी आश्चर्य से एक दूसरे का मुँह देखने लगे कि आज उनके आलसी बेटे को परिश्रम का गुण कैसे समझ में आ गया। रीतेश उनके आश्चर्य पर मन ही मन मुस्करा रहा था और सपने वाले जिन्न को धन्यवाद दे रहा था, जिसने उसकी आँखें खोल दी थी।

ओमप्रकाश क्षत्रिय 'प्रकाश'

मोबाइल - 8827985775
पता - अध्यापक, पोस्ट ऑफिस के पास, रतनगढ़
जिला- नीमच, पिन-458226, मध्य प्रदेश

लड़ाई, फूल तने और पत्ती की

एक बार की बात है। जोर की हवा चली। फूल जोर से हिला। काँटों से टकराया। उसकी पंखुड़ियाँ चिर गईं।

फूल दर्द से चीख पड़ा, "अरे बदसूरत काँटे! क्या करता है? दूर हट; मुझे लहूलुहान कर दिया।'

यह सुनकर काँटा चौंक उठा। उसने फूल की ओर देखकर पूछा, "क्या हुआ भाई?"

"अरे ओ काँटे! भाई किसको बोलता है? कभी अपनी शक्ल आईने में देखी है?"

फूल अपनी खूबसूरती के घमण्ड में इतराकर बोला, "पहले अपने को देख, कहाँ तू काला कलूटा काँटा, कहाँ मैं खूबसूरत और सुगंधित फूल।"

काँटे को अपनी गलती का अहसास हो गया था। उसे फूल से बचकर रहना चाहिए। यदि वह फूल से बचकर रहता, तो वह लहूलुहान नहीं होता। मगर, अचानक हवा चलने से उस का ध्यान भटक गया, वह फूल से टकरा गया। उसने कहा, "माफ करना भाई, हवा अचानक बहुत तेज चली थी, मुझे ध्यान ही नहीं रहा; वैसे तो मैं तुम्हारी रक्षा कर रहा था, मगर गलती से...।"

काँटा बात पूरी करता, उससे पहले ही फूल बोल उठा, "रहने दे, रहने दे; रक्षा कर रहा था... यह रक्षा करना होता है? तू तो रक्षक से भक्षक बन गया है।" कहते हुए फूल, काँटे को अपने घाव दिखाकर लड़ने लगा।

यह बात पत्ती को अच्छी नहीं लगी। वह बोली, 'अरे काँटे और फूल भाई! आपस में क्यों लड़ते हो? हम एक ही परिवार के सदस्य हैं, हमें बात-बात पर लड़ना शोभा नहीं देता है, हमें तो हिलमिल कर रहना चाहिए।''

फूल को पत्ती की नसीहत अच्छी नहीं लगी, ''रहने दे, तू आई पटेलन बन कर, हमें नसीहत देने, कभी अपनी शक्ल आईने में देखी है?'' फूल ने उसे टोका। यह सुनकर काँटा चुप हो गया। वह समझ गया कि फूल को अपनी सुंदरता पर घमण्ड है, इसलिए वह अपने घमण्ड के आगे किसी की सुनने वाला नहीं है।

पत्ती ने फूल को समझाने की गरज से कहा, ''देखो फूलभाई! तुम खुबसूरत हो, सुगंधित हो; मगर, इस तरह का व्यवहार...।'' अभी पत्ती की बात पूरी नहीं हुई थी कि फूल ने बीच में मुँह चिढ़ाते हुए कहा, ''...तुम्हारा व्यवहार अच्छा नहीं लगता है, यही कहना चाहती हो?''

''हाँ, यही कहना चाहती हूँ, और यह बात सही भी है।'' पत्ती ने उसे दोबारा समझाना चाहा, ''खूबसूरत होना एक बात है और अच्छी सीरत होना दूसरी बात है।''

फूल को पत्ती की सीरत वाली बात अच्छी नहीं लगी।

''यह सीरत क्या होती है?'' फूल ने मुँह बनाया।

तने को लगा कि बात ज्यादा बढ़ जाएगी, इसे रोक देना चाहिए। इसलिए तना बीच में बोल पड़ा, ''सीरत यानी व्यवहार, यानी बातचीत का तरीका।''

''ओह! तो यह तुम हो।'' फूल ने तने की ओर देखकर कहा, ''तभी मैं कहूँ कि वह मूर्ख कौन है।'' जो दो लोगों की बातचीत के बीच बोल रहा है।' यह कहते हुए पत्ती ने कहा, ''जानते हो, दो लोगों के बीच बोलने वाले व्यक्ति को यही कहते हैं।''

तने को बहुत बुरा लगा। वह समझ गया कि यह घमण्डी फूल है, इसे अभी मजा चखाना पड़ेगा। तने ने सोचा, मैं अपने शरीर को टेढ़ा कर दूँ तो पूरा पौधा जमीन पर गिर जाएगा, यह घमण्डी फूल, धूल में मिलकर नष्ट हो जाएगा। यह बात जड़ को मालूम हो गई।

वह बोली, ''तने भाई, ऐसा मत करना, वरना पूरे पौधे को नुकसान हो जाएगा।'' तना मान गया, मगर पत्ती का गुस्सा शांत नहीं हुआ था। वह फूल से

बोली, "भाई, तुम अपने को क्या समझते हो? आखिर तुम्हारी उपयोगिता क्या है? बस थोड़ी दिनों को लिए खिलते हो, फिर तुम नष्ट...।"

पत्ती की बात पूरी नहीं हुई कि फूल बोल पड़ा, "हुँह बड़ी आई मुझे सिखाने और समझाने वाली, कभी अपनी उपयोगिता देखी है।"

फूल ने पत्ती को ललकारा, "आखिर तुम्हारी उपयोगिता क्या है? केवल जानवर तुम्हें खाकर पेट भर सकते हैं, बस, और क्या?"

यह सुनकर पत्ती को गुस्सा आ गया, "अरे मूर्ख! तू मेरे बारे में क्या जानता है? मेरी उपयोगिता क्या है? तुझे तो यह भी नहीं पता है कि मैं अपनी पत्ती के नीचे स्थित रोमछिद्रों से साँस लेती हूँ। मेरे अंदर हरित लवक नामक पदार्थ होता है, जिस की सहायता से सूर्य व पानी की उपस्थित में, मैं सभी के लिए भोजन बनाती हूँ।"

"इसी भोजन की वजह से तुम सभी फलफूल रहे हो।" पत्ती ने कहा, "यदि मैं यह सब करना बंद कर दूँ तो तुम सभी नष्ट हो जाओगे।"

यह सुनकर फूल बोला, "अरे जा! बंद कर दें, किस ने कहा है तुझे भोजन बनाने के लिए?" फूल ने पत्ती को ललकारा।

पत्ती को गुस्सा आ गया। उसने अपने सभी काम करना बंद कर दिए।

परिणाम यह हुआ कि पौधे के तने को भोजन मिलना बंद हो गया। वह नरम पड़ गया। जड़ें कमजोर हो गईं। उन्होंने भोजन के अभाव में पोषक तत्व व पानी को जमीन से ग्रहण करना बंद कर दिया। पत्तियाँ, तने से ज्यादा फूल सब से कोमल था। उसे पोषक तत्व मिलना बंद हो गया। वह घबरा उठा।

"अरे! मेरा जी घबरा रहा है, मैं मर जाऊँगा; कोई मुझे पौषक तत्व पहुँचाओ। मैं प्यासा मर रहा हूँ।" कहते हुए वह लटक गया। मगर, पत्ती ने उस की एक बात नहीं सुनी। फूल बहुत देर तक चिल्लाता रहा। वह समझ गया कि पत्ती, तना आदि सभी उससे नाराज है। इसीलिए कोई उस की बात नहीं सुन रहा है।

तब फूल को लगा कि यही हाल रहा तो वह भूख-प्यास से मर जाएगा। तब उसने घबराते हुए पत्ती से कहा, "बहन, मुझे माफ कर दो; मैं नहीं जानता था कि पौधे के सब अंग एक दूसरे से जुड़े हुए हैं, सभी एक दूसरे के लिए जरूरी होते हैं; यदि एक अंग भी काम करना बंद कर दे तो दूसरे का काम रुक जाता है।

"तुमने भोजन बनाना और साँस लेना बंद कर दिया है, इसका परिणाम देखो, काँटा, तना और मैं भी सूख रहा हूँ; वाकई सूरत से सीरत अच्छी होती है।" कहते हुए फूल मुरझाकर टूट गया।

यह देखकर पत्ती को अपनी गलती का अहसास हो गया। उसने अपना काम करना शुरू कर दिया। इससे पौधे फिर से पोषक तत्व मिलने शुरू हो गए। तना वापस सीधा व कठोर हो गया। जड़ों ने पानी व पोषक तत्व लेकर पौधे को पहुँचाना शुरू कर दिया।

इससे पौधा स्वस्थ हो गया। उसे पुनः अपनी खोई हुई ताकत प्राप्त हो गई थी। वह फिर से मजबूत हो गया।

कहते हैं तब से इन सभी को सबक मिल गया। फिर ये फूल, पत्तियाँ, तना और जड़ कभी आपस में नहीं लड़े। वे सब जान गए थे कि आपस में लड़े तो नुकसान उन्हीं का होगा।

कौन सा रंग अच्छा है?

कालू कौआ नाटक देख रहा था। तभी नाचता हुआ मोर आया।

कालू को मोर बहुत अच्छा लगा। तभी उसके मन में एक विचार आया कि कौन सा रंग अच्छा होता है। इसका पता लगाना चाहिए।

सभी उसे कालूकलौटा कहकर चिढ़ाते थे, इसलिए उसे काला रंग अच्छा नहीं लगता था। यही बात उसने अपने पास बैठे कबूतर से कही, "तुम्हें कौन सा रंग अच्छा लगता है?" कालू भाई, मुझे तो तुम्हारा काला रंग अच्छा लगता है, तुम रात को किसी को दिखाई नहीं देते हो, इसलिए तुम्हारा कोई शिकार नहीं कर सकता है।" कबूतर बोला, "मेरा रंग मटमैला है, मैं जल्दी से दिखाई दे जाता हूँ, इसलिए हर कोई मेरा शिकार कर लेता है।" यह सुनकर कालू कौआ बोला, "नहीं कबूतर भाई, मुझे मेरा काला रंग अच्छा नहीं लगता है।"

"तुम बताओ कि कौन सा रंग अच्छा होता है?" मुझे तो हरा रंग अच्छा लगता है, चाहो तो तुम यह बात हरियल तोते से पूछ सकते हो; वह दिन में पेड़ पर बैठा हो तब भी किसी दूसरे को दिखाई नहीं देता है, इसलिए दिन में भी कोई उस का शिकार नहीं कर पाता है।"

''अरे वाह! तब तो मैं उसी से जा कर पूछता हूँ, '' कहते हुए कालू कौआ वहां से उड़ा। सीधे हरियल के पास जा पहुँचा। उससे भी वहीं सवाल किया, '' हरियल भाई, तुम्हें कौन सा रंग सब से अच्छा लगता है?''

हरियल हरा था, इसलिए उसे स्वयं का हरा रंग अच्छा नहीं लगता था। वह बोला, ''मुझे तो रंगबिरंगा रंग अच्छा लगता है; हरा रंग भी कोई रंग होता है? मैं तो हरी फसल और हरा रंग देख देखकर थक गया हूं। मुझे तो मोर का रंग अच्छा लगता है.वह कितना रंगबिरंगा है।''

हरियल की बातें सुनकर कालू कौआ मोर के पास पहुँचा, ''मोर भाई, तुम कितने सुंदर हो; सभी तुम्हारा नाच देखकर खुश होते हैं, जितनी खूबसूरती से नाचते हो उतनी खुबसूरती से अपने पंख फैलाते हो, इसलिए तुम यह बताओं कि तुम्हें सब से अच्छा रंग कौन सा लगता है?''

यह सुनकर मोर के आँख में आँसू आ गए। वह अपने आँसू पौंछते हुए बोला, '' मैं बहुत सुंदर हूं। मुझ में सभी रंग है। मगर, मेरे पैर को देख लीजिए, ये कितने बदसूरत है; जब भी नाचते हुए मेरी नजर मेरे पैर पर जाती है तो मुझे रोना आ जाता है; कुदरत ने मुझे जितना सुंदर बनाया है उतने सुंदर पैर नहीं बनाए है।''

कालू कौआ, मोर की यह बात सुनकर हैरान रह गया। वह मोर को सबसे सुंदर पक्षी मानता था, मगर वह भी दुखी है। उस के पैर सुंदर नहीं है। तब उस ने मोर से पूछा, ''मोर भाई, यह बताओ कि सब से सुंदर जानवर कौनसा है? उस का रंग कैसा है?''

''सबसे सुंदर जानवर हिरण।'' मोर बोला, ''वह कत्थई रंग का होता है, उसके सींग बहुत सुंदर होते हैं; वह जब कुलाँचें मारता है, तब बहुत सुंदर दिखता है।'' यह सुनते ही कालू कौआ खुले घास के मैदान में चर रहे हिरण के पास जा पहुँचा।

कालू कौए ने उससे भी यही सवाल किया। जिसे सुनकर हिरण बोला, ''भाई कालू! तुम मेरी सुंदरता पर मत जाओ, मैं सुंदर होता तो मेरा शिकार नहीं होता; मुझे शेर, चीता आदि के साथ-साथ इन्सान भी शिकार कर लेता है, इसलिए मुझसे सुंदर तो वह श्यामा व सफेद गाय है, जो इन्सानों के पास आराम से और सुरक्षित रहती है।'' कहते हुए हिरण दुखी हो गया।

यह सुनते ही कालू कौआ गांय के पास पहुँचा। गाय ने कालू कौए का सवाल सुनकर जवाब दिया, "भाई कालू, मैं इतनी खूबसूरत नहीं हूँ; जब तक मैं दूध देती हूँ तब तक इंसान मुझे अपने पास रखता है, जब दूध देना बंद कर देती हूँ, तब मुझे दुत्कार कर भगा देता है, इसलिए मैं खूबसूरत कहाँ हूँ।

"मुझसे खूबसूरत तो वह कुत्ता है, जो आदमी की महँगी कार में बैठा है।" यह कहते ही गाय के आँसू निकल गए। वह अपने मालिक के स्वार्थीपन से परेशान थी। उसके मालिक ने उसे तब तक बहुत अच्छे से रखा, जब तक वह दूध दे रही थी, उसके बाद उसे डंडे मारकर भगा दिया।

यह सुन कालू कौए की आँख में भी आँसू आ गए। जब यह बात कालू ने गाय से पूछी, तो गाय बोली, "वही रंग सब से अच्छा होता है, जिसके कारण जानवर इंसान में महत्त्व पाता है; मेरी मानो तो टॉमी कुत्ते से जाकर पूछो, वही सही बता सकता है कि कौन सा रंग सब से अच्छा होता है।" यह सुनते ही कालू कौआ उड़कर टॉमी के पास पहुँच गया।

"टॉमी भाई! सुना है तुम बड़े ठाठ-बाट से रहते हो; तुम्हें इस महँगी गाड़ी में घुमाया जाता है, साथ ही अच्छा-अच्छा खाना पीना दिया जाता है; क्या तुम बता सकते हो, इस दुनिया में कौन सा रंग सबसे अच्छा होता है?"

यह सुनकर टॉमी मुस्कराया, "कौए भाई, दुनिया में जितने भी रंग हैं, सभी खूबसूरत हैं, इन्हें देखने का नजरिया अलग-अलग है।" टॉमी दार्शनिक अंदाज में बोला, क्योंकि वह आदमी के साथ रहकर उनकी भाषा बोलने लगा था।

उसने कहा, "कालू भाई, मेहनत का रंग सबसे अच्छा होता है, इसी रंग की सब पूजा करते हैं; यदि मैं रातभर जाग जागकर घर की रखवाली न करूँ तो मुझे भी मेरा मालिक धक्के देकर घर से बाहर भगा दें। चूँकि मैं दिन में मालिक के साथ घूमता रहता हूँ, जब अवसर मिलता है सो जाता हूँ, फिर रात को जागकर घर की रखवाली करता हूँ, इसलिए मालिक मुझे आराम से रखते हैं; वे मेरे रंगरूप की वजह से नहीं, गुणों की वजह से मुझे अच्छे से रखते हैं, इसलिए इस दुनिया में मेहनत का रंग अच्छा होता है।

टॉमी ने कहना जारी रखा, "वैसे रंग सभी अच्छे हैं; काले रंग को लो, यदि यह नहीं होता, तो रात रात नहीं होती... रात काली होती है, उसी वजह से हम सब आराम करते हैं। सभी रंग के मिलने से सफेद रंग बनता है। यदि सातों रंग न

होते, तो उसके एक साथ मिलने से दिन नहीं बनता।''

यह सुनते ही कालू कौआ बोला, ''सही कहते हो टॉमी भाई, सभी रंग बढ़िया होते हैं, उनका अपना महत्त्व है, बस देखने का नजरिया बदलने की जरूरत है।'' कहते ही कालू कौआ उड़ गया।

उसे अब अपने रंग से कोई शिकायत नहीं थी। वह समझ गया था कि दुनिया में मेहनत का रंग सबसे अच्छा होता है, सभी उसी रंग की पूजा करते हैं। इसलिए वह अपने को मेहनत के रंग में रँगने के लिए चल दिया।

कल्पना भट्ट

मोबाइल - 9424473377
ईमेल - klpna_bhatt@yahoo~com
पता - श्री द्वारकाधीश मन्दिर, चौक बाजार, भोपाल -462001

पुरस्कार

विद्यालय आते ही बच्चों का ध्यान सूचना पटल पर गया, जिस पर लिखा हुआ था

सूचना : इस साल से विद्यार्थियों को निम्न क्षेत्रों में सबसे आगे रहने वाले विद्यार्थियों को पुरस्कार दिए जायेंगे :-

1स्वच्छता व पोशाक, 2अनुशासन, 3पुस्तक पठन, 4गंदगी, 5दुर्व्यवहार, 6अनुपस्थिति, 7 सर्वश्रेष्ठ विद्यार्थी

सूचना पढ़कर बच्चे एक दूसरे का मुँह देखने लगे। बाकी तो ठीक, पर गन्दगी, दुर्व्यवहार और अनुपस्थिति के लिए भी पुरस्कार? यह बात किसी को समझ में नहीं आयी।

सूचना का असर यह हुआ कि शिक्षकों के मार्गदर्शन से अधिकांश बच्चे अपने व्यवहार और कक्षा को बेहतर बनाने के लिए जुट गए। बच्चों ने न केवल कचरा फैलाना बंद कर दिया, अपितु कचरा दिखने पर उठाकर कूड़ेदान में डालने लगे। कक्षाएँ और विद्यालय साफ़ दिखने लगे। बच्चे, स्वच्छ पोशाक में समय पर आने लगे। आपसी बातचीत में कड़वे और ख़राब शब्दों का प्रयोग व आपसी झगड़े कम होने लगे। स्कूल में आये परिवर्तन के बारे में बच्चों ने अपने घरों में माता-पिता और भाई-बहिनों से बात की।

घर पर भी बच्चों के व्यवहार में बदलाव आने लगा।

कुछ नेताओं, अधिकारियों और धनपतियों के बच्चे ऐसा न करते और ऐंठ दिखाते हुए कचरा फैलाते तथा साफ़-सफाई कर रहे बच्चों की हँसी उड़ाते। वे बच्चों से लड़ने का प्रयास भी करते। पहले बच्चे उन्हें जवाब देते तो झगड़ा होता

और काम रुक जाता। शिक्षकों के समझाने पर विद्यार्थियों ने उनकी ओर ध्यान देना बंद कर दिया। साल ख़तम हुआ। वार्षिक उत्सव में विद्यार्थी, अभिभावक, शाला के कर्मचारी और शहर के गणमान्य जन अतिथि थे। पुरस्कार मिलने का समय था। सबके मन में उत्सुकता थी, कौन सा पुरस्कार किसको मिलेगा।

प्रतीक्षा का अंत हुआ और प्राचार्य ने पुरस्कार वितरण आरम्भ किया। हर पुरस्कार के साथ सभागार तालियों से गूँजने लगता। प्राप्त करने वाला विद्यार्थी विनम्रतापूर्वक पुरस्कार लेता, सबका अभिवादन करता, उसके चित्र खींचे जाते।

पहले तीन पुरस्कार मिलने के बाद गन्दगी, दुर्व्यवहार तथा अनुपस्थिति के लिए पुरस्कार दिए जाने थे। इन पुरस्कारों के प्राप्तकर्ता मंच पर आये तो उनके सर झुके हुए थे, आँखों में शर्म थी। तालियों के शोर के स्थान पर चुप्पी पसरी हुई थी। मंच पर पुरस्कार लेते हुए बच्चे रो पड़े। चित्र खींचे जाते समय वे मुँह छिपा रहे थे। प्राचार्य तथा अतिथियों ने उनको समझाया- "तुम बच्चों को अपनी गलती का एहसास हुआ, अब इसे सुधारना; मुझे गर्व है कि मेरे स्कूल का हर विद्यार्थी अपने दायित्व को समझ गया है, यही उद्देश्य है पुरस्कार देने का।

मेहनत का फल

अनुष्का एक आलसी लड़की थी। सुबह देर से उठना, अपने कमरे में ही चाय दूध पीना, नाश्ता करना और फिर सब बर्तन वहीं छोड़ देना, उसकी आदत थी। उसकी माँ और भाभी उसके कमरे को साफ़ करतीं। धीरे-धीरे उन्होंने भी बंद कर दिया। माँ नाराज़ होती, कि इतना आलस किस काम का? भाभी मजाक बनाती ' ऐसे रहने के लिए हिम्मत चाहिए, जो आप ही में है।'

अनुष्का, स्कूल का कार्य भी समय पर न करती। धीरे-धीरे उसके काम को बोझ बढ़ता जा रहा था। अनुष्का सुधरने का नाम ही नहीं ले रही थी। टीचर डाँटती तो वह अपनी किसी सहेली से कॉपी लेकर नकल करती। धीरे-धीरे सखियाँ उसको टालने लगीं। वह एकदम अकेली हो गयी। अकेलेपन ने उसके दुखों को और बढ़ा दिया। अब उसको न तो पढ़ाई समझ में आती थी, न ही कोई मदद करने को तैयार होता था। अनुष्का ने दुखी हो स्कूल जाना कम कर दिया... कहती, तबीयत ठीक नहीं है। घर पर वह अपनी माँ को देखती रहती थी, जो सबसे पहले उठतीं और सबसे आखिर में सोती थीं। भाभी भी खूब काम करती

थीं।

अनुष्का अब घर में अकेली बैठी रहती थी। वह समझ नहीं पा रही थी कि उसको क्या करना चाहिए? वह परीक्षा में लिखती क्या, जब कुछ याद ही नहीं रहा। प्रश्न पत्र देखकर उसका सर घूमने लगा, अक्षर नाचने लगे। वह कुछ भी नहीं लिख पाई। परीक्षा देने के बाद घर आ चुपचाप अपने कमरे में चली गई। अनुष्का अंदर ही अंदर टूट गयी। फेल हुई तो सखियाँ भी दूर हो गयीं। घरवाले उसका उत्साह बढ़ाने और काम कराने की कोशिश कर हार गये।

अपने कमरे में लेटी लेटी अनुष्का, खिड़की से बाहर देखती। सामने पेड़ पर एक नन्ही सी चिड़िया एक-एक तिनका लाती और घोंसला बनाती। कभी तिनका जमा रहता, कभी गिर जाता। चिड़िया कभी फुर्र से उड़ जाती, कभी थक-हारकर डाल पर बैठ जाती, थोड़ी ही देर बाद फिर काम पर लग जाती। अनुष्का सोचती, कितनी मूर्ख है, ऐसे कैसे घोंसला बनाएगी? क्यों नहीं किसी के घर में चली जाती? अनुष्का ने उस ओर ध्यान देना बंद कर दिया।

कुछ दिन बाद चें-चें की आवाज़ सुन अनुष्का ने झाँका तो देखा, घोंसले में चूजे चहक रहे थे। जिसे वह मूर्ख और अक्षम समझ रही थी, उस छोटी सी चिड़िया ने न केवल घोंसला बना लिटा था, बल्कि पूरा संसार बसा लिया था और अब दाने ला-लाकर चूजों का पेट भर रही थी। छोटी सी चिड़िया से गयी-बीती तो नहीं है वह। यह सोच अनुष्का के अंदर एक नयी ऊर्जा का प्रवेश हुआ।

उसने अपनी इच्छा शक्ति जगाई। कमरे से निकल माँ का हाथ बँटाने लगी। माँ चौंकी, पर कुछ बोली नहीं, उत्साहित किया। धीरे-धीरे अनुष्का, समय पर सब काम करने लगी। उसने अच्छे अंकों से पूरक परीक्षा उत्तीर्ण कर ली। उसने कमरे में लगा रखा है उसी चिड़िया और घोंसले का चित्र, जिसके नीचे लिखा है 'मेहनत का फल'।

सच्चा नायक

सुधीर का मन पढ़ाई-लिखाई में नहीं लगता था। मौज-मस्ती, हल्ला-गुल्ला, धूम-धड़ाका करना उसको पसंद था। सुधीर, कुछ फ़िल्मी कलाकारों की हू-ब-हू नक़ल करता था। स्कूल के दोस्त उसको 'हीरो' कहते तो उसका सीना गर्व से फ़ैल जाता, सर ऊँचा हो जाता। उसे ऐसा लगता था मानो वह सचमुच ही

एक हीरो है। हमेशा अदाएँ दिखाना, शेखी बघारना, दूसरों को नीचा दिखाना उसकी आदत बना गया। उसे घमण्ड आ गया कि जो कला उसके भीतर है, वो किसी और में नहीं।

उसकी माँ पहले तो यह सब चुपचाप देखती रहीं। उनको उम्मीद थी कि समय के साथ बड़ा होने पर सुधीर को खुद एहसास हो जाएगा और वह सुधर जायेगा, पर ऐसा कुछ हुआ नहीं। सुधीर, शेखचिल्ली जैसे खयाली पुलाव पकाने लगा... कहता एक दिन मेरे पीछे भागेगी दुनिया; मेरा बँगला होगा, अमिताभ बच्चन की तरह दस बारह गाड़ियाँ होंगी। यह सब सुनकर उसकी माँ ने उसको समझाया, 'यह क्या पागलपन है सुधीर, इन हरकतों से कुछ हासिल न होगा, बंद करो यह तमाशा, पढाई में मन लगाओ।'

माँ की बातें सुनकर वह बोला- ''माँ! एक दिन मैं सचमुच का हीरो बनकर दिखाऊँगा, उस दिन आपको अपने बेटे पर गर्व होगा।'' माँ ने उसकी ओर देखा, पर कुछ न बोलीं। अगले दिन स्कूल जाने के लिए बस्ता टाँगे सुधीर, बस का इंतज़ार कर रहा था। उसने देखा कि कुछ लड़कों का झुण्ड एक लड़की का पीछा कर रहा था। वह लड़की परेशान थी। लोग आ-जा रहे थे, पर किसी ने ध्यान नहीं दिया। अचानक एक लड़के ने लड़की के हाथ से पर्स छीन लिया और भाग गया। लड़की चिल्लाई। भीड़ इकट्ठी देखकर बाकी लड़के भाग खड़े हुए। सहमी हुई लड़की कुछ बोल पाने की स्थिति में नहीं थी। कुछ देर बाद उसने देखा, एक छोटा सा लड़का, सिपाही के साथ उस ओर आ रहा था, साथ में वह चोर भी था। करीब आने पर पुलिस ने उस लड़की से पूछा- ''क्या यह पर्स तुम्हारा है?''

लड़की ने पर्स को देखते ही कहाः ''यह मेरा ही पर्स है।'' लड़की ने उस छोटे बच्चे को देखा। चोटें लगी थीं, कपडे भी फट गए थे। ''पुलिसवाले ने कहा- ''इस लड़के की बदौलत ही हम इस शातिर चोर को पकड़ पायें हैं; इसके साथी भी अब बच नहीं पाएँगे।''

इस लड़के ने बहादुरी से इस चोर का पीछा किया, पर वह इसको पकड़ नहीं पा रहा था। वह खुद ही सड़क पर गिर गया। पुलिस चौकी पास ही थी, तो इसने चिल्लाना शुरू कर दिया और फिर उठकर चोर के पीछे भागने लगा। इसने उसकी गर्दन दबोच ली और पर्स छीन लिया। आवाज़ सुनकर हम पहुँचे तो इन दोनों में हाथापाई हो रही थी; बहुत बहादुर बच्चा है यह तो।

सिपाही ने सुधीर से उसका नाम, घर का पता और स्कूल का नाम पूछ, सुधीर के घर, उस लड़की के घर फ़ोन किया और सभी को थाने पहुँचने के लिए कहा। थाने में सब हाल-चाल जानकर सबने सुधीर को खूब सराहा। स्कूल में जब इस बात की जानकारी मिली, तो प्राचार्य ने प्रार्थना के समय सुधीर को बुलाकर शाबाशी दी और उसे ज़िंदगी का सच्चा नायक बताया।

गौतम कुमार सागर

मोबाइल - 7574820085
ईमेल - gsagar6@gmail.com
पुस्तकें - दो काव्य संग्रह
पता - 102, अक्षर पैराडाईज़्, अटलादरा, वड़ोदरा (गुजरात)

गुरु-शिष्य

एक गुरु और शिष्य एक जंगल से गुजर रहे थे। गर्मी का समय था। वे दोनों प्यास से बेहाल थे। वहाँ कहीं आस-पास पानी का कोई स्रोत्र नहीं दिख रहा था। अचानक उन्होंने एक सुंदर सी झील देखी। उसका पानी सूर्य के तेज प्रकाश में चमक रहा था। आस-पास कोई जीव या पंछी नहीं था। किनारे एकदम साफ-सुथरे व आस-पास बड़ी शांति थी।

उसके दूसरी तरफ कीचड़ नुमा पानी का एक छोटा सा गड्ढा था। ढेर सारे पंछी उस तालाब के इर्द-गिर्द जमा थे। कुछ कौए मँडरा रहे थे। कुछ तोते और कुछ गौरैया भी अपनी प्यास बुझाने के लिए उस पानी के सोते के आस-पास जमा थे।

शिष्य ने झील को देखते ही उसकी तरफ दौड़ लगा दी।

वह प्यास से मरा जा रहा था। उसके गुरु ने आवाज़ लगाई, "रूको! ठहरो! ऐसे ही अनजाने पानी के किसी भी स्त्रोत के पास बिना सोचे समझे नहीं जाना चाहिए।"

शिष्य ने रुकते हुए कहा, "गुरु जी, प्यास से जान जा रही है; सामने इतनी सुंदर झील है, जल भी ज़रूर मीठा होगा, अब क्या सोचना है?"

गुरु ने आस-पास नज़र दौड़ाई और कहा, "लेकिन मुझे दाल में कुछ काला दिख रहा है।"

शिष्य ने कहा, "वह कैसे गुरुदेव?"

गुरु ने कहा, "यहाँ के वातावरण का निरीक्षण करो; यहाँ भाँति-भाँति के जीव-जन्तु हैं... सभी जल पीने के लिए आ रहे हैं, मगर इस झील पर कोई नहीं

आ रहा।''

शिष्य ने उपहास में कहा, ''गुरुजी, वे पशु और पंछी हैं, उन्हें क्या ज्ञान कि कौन सा जल श्रेष्ठ है, उन्हें गड्ढे के भूरे और गंदे जल तथा इस झील के स्वच्छ जल में अंतर कर पाने का ज्ञान कहाँ है?''

गुरु ने कहा, ''नहीं, ऐसा नहीं है; ज़रूर कोई और बात है, हमें थोड़ी प्रतीक्षा करनी चाहिए।''

शिष्य ने खीझते हुए कहा, ''गुरुदेव, आप ही तो कहते हैं कि किसी पर अकारण संदेह नहीं करना चाहिए।''

गुरु ने कहा, ''किंतु मैं अकारण संदेह नहीं कर रहा।''

एक हिरण का बच्चा अपने झुंड से अलग होकर दौड़ता हुआ आया। वह खूब प्यासा दिख रहा था। वह सुंदर झील के किनारे पर जा पहुँचा।

शिष्य ने यह देखकर कहा, ''देखिए गुरुदेव, वह हिरण का शावक भी अपने झुंड से ज्यादा समझदार है।''

वह हिरण का शावक पानी पीने के लिए पानी में झुका, कि बड़ी तेज़ आवाज़ आई। भयंकर गर्जना सुन शिष्य भयभीत हो गया। गुरु और शिष्य ने दूर से देखा कि एक बड़ा जीव, जिसकी पूँछ लंबी, चमड़ी मोटी और पट्टीदार थी, बाहर आया। यह एक भयंकर मगरमच्छ था। उसने अपने मजबूत जबड़े से हिरण के बच्चे को जकड़ लिया।

हिरण का बच्चा चीखता रह गया। मगरमच्छ उसे खींचकर झील के गहरे पानी में चला गया।

पानी में कुछ देर तक हलचल रही और फिर पानी एकदम शांत हो गया।

शिष्य, तुरंत गुरु के पाँव पर गिरकर क्षमा माँगने लगा।

''गुरुदेव, मुझे क्षमा करें; यदि आपने मुझे नहीं रोका होता तो मैं भी काल के गाल में समा जाता।''

गुरु ने कहा, 'आज की सीख यह है कि कोई भी निर्णय लेने से पहले बारीकी से सोचो, निरीक्षण करो; उतावलेपन में हम कई संकटों से घिर जाते हैं। अतः केवल आँखों की देखी चीज़ सत्य नहीं होती; हमें बुद्धि और सामान्य ज्ञान का भी प्रयोग करना चाहिए'

अनोखा दंड

सैकड़ों वर्ष पहले किसी देश में एक शक्तिशाली और न्यायप्रिय राजा राज करता था। उसके राज्य में दंड-व्यवस्था बड़ी कठोर थी। कोई भी व्यक्ति यदि चोरी करते हुए पकड़ा जाता, तो उसकी सभी उँगलियाँ काटकर उसे दस वर्ष के लिए कारागार में डाल दिया जाता था।

यदि कोई किसी को धोखा देता था तो उसकी पूरी संपत्ति जब्त करके उसे कारागार में बंद कर दिया जाता था। इसी प्रकार किसी भी प्रकार की हिंसा, ठगी, अपहरण आदि के लिए भी किसी की आँखें निकाल ली जाती थीं, तो किसी के हाथ काट लिए जाते थे, किसी को फाँसी पर चढ़ा दिया जाता था।

इतने कठोर दंड के बाद भी राज्य में अपराध की घटनाएँ दिन-ब-दिन और बढ़ती जा रही थीं। शाम होते ही बाजार बंद हो जाते। लोग चोर लुटेरों के डर से घरों में दुबक जाते। कई बार तो दिन-दहाड़े चोरियाँ होतीं। मुख्य बाजार में ठग घूमते हुए दिखते, बच्चों, महिलाओं का अपहरण कर ले जाते।

चिंतित राजा ने बल का प्रयोग करके देख लिया था। हालात में कोई सुधार नहीं दिख रहा था। आखिरकार उसने राज्य के मुख्य न्यायाधीश को बुलाया और अपनी चिंता जाहिर की।

मुख्य न्यायाधीश ने कहा, "महाराज! आग को आग से नहीं बुझाया जा सकता है, हमें कोई दूसरा रास्ता तलाश करना पड़ेगा।"

तभी उनकी नज़रें बड़े झरोखे से राजपरिवार के खेलते बच्चों पर पड़ीं। एक बच्चा राजा बना हुआ था, दूसरा बच्चा चोर बना हुआ था।

पहले बच्चे ने कहा, "हम तुम्हारे दंड की सज़ा ज़रूर देंगे, और बड़ी ही कड़ी सज़ा देंगे।"

तभी रानी बनी एक लड़की बीच में आकर कहती है, "महाराज! अगर इसके पहले अपराध पर ही कड़ी सज़ा देंगे तो यह और बड़ा अपराधी बनेगा।"

राजा बने बच्चे ने कहा, "तो क्या किया जाए?"

रानी बनी बच्ची ने कहा, "इसे अच्छी किताब पढ़ने की सज़ा दो।"

यह सुनकर मुख्य न्यायाधीश के चेहरे पर प्रसन्नता छा गयी।

मुख्य न्यायाधीश ने राजा से कहा, "महाराज, आप केवल ज्ञानवर्धक और

संस्कारी पुस्तकों की व्यवस्था कर दें, बाकी मैं देख लूँगा।'' फिर उसने राजा से विस्तृत चर्चा की।

अब दंड विधान में बदलाव किया गया। अब कोई भी अपराधी पकड़ा जाता, तो उसे मुख्य न्यायाधीश उसको कुछ इस तरह से सज़ा देते थे।

''इस अपराधी को छह महीने कारावास में रखा जाए; इसे हर महीने पाँच पुस्तकें दी जाएँ, हर दिन हर पुस्तक का एक अध्याय पूरा पढ़ने के बाद ही उसे उस पहर का भोजन दिया जाए।''

इसके साथ यह भी आदेश देते कि, ''अपराधी ने उस अध्याय को पढ़कर कितना आत्मसात किया है, इसकी भी जाँच के लिए उससे उस अध्याय से प्रश्न पूछे जाएँ; यदि सही उत्तर नहीं मिले तो उसे पुनः उस अध्याय को पढ़ना होगा।''

अनपढ़ अपराधियों के लिए उन्होंने कहा, 'उसे कारावास में अन्य पढ़े लिखे अपराधी से पढ़ाया जाए।'

राजा ने राज्य के हर कारावास में विश्व के तमाम सदग्रंथों को रखवाया।

अब कारावास में चाबुक, खौलते तेल के कड़ाहे, नुकीली तख्तियों की जगह पुस्तकें ही पुस्तकें नज़र आती थीं। जो कैदी पढ़ने में आनाकानी करता था, उसे उस दिन का भोजन प्रदान नहीं किया जाता था।

मुख्य न्यायाधीश, दोषी के अपराध के अनुरूप अपने दंड-फरमान में पुस्तकों के नाम लिखते।

इस तरह वर्ष भर में ही कैदियों के आचरण में परिवर्तन दिखने लगा। अब हर कैदी को अपने किए हुए ग़लत कर्मों पर पश्चाताप होने लगा। वे कारागार से निकलकर अपने दुष्ट साथियों को भी भले आचरण और सद्मार्ग पर चलने की सलाह देने लगे। कुख्यात अपराधियों को सुधरता देख छोटे-मोटे अपराधी भी सुधरने लगे।

अरस्तू, प्लेटो, बुद्ध, महावीर, उपनिषद्, आदि साहित्य के ज्ञान दीपकों से भटके हुए हृदयों का अंधकार दूर होने लगा। राज्य धीरे-धीरे अपराध मुक्त हो गया।

पिता की सीख

मिस्टर रघु नैयर को विदेश की एक मैगज़ीन ने 'बेस्ट साइंटिस्ट ऑफ

एशिया' का अवॉर्ड दिया है।

पत्रकारों ने उनके बारे में खूब लिखा। हर जगह से उन्हें सराहना मिली। उन्हें एक बड़े नामी स्कूल ने सम्मानित करने के लिए आमंत्रित किया। वहाँ उनसे जब उनके स्कूल लाइफ के बारे में पूछा तो उन्होंने अपने बचपन के बारे में बताया।

'मैं गाँव से नया-नया शहर के स्कूल में आया था। मैं तब आठवीं कक्षा में पढ़ता था। अभी न तो मेरे अधिक मित्र बने थे, न ही शिक्षकों से मैं ज्यादा बात करता था। मुझे यह स्कूल पसंद था। ये गाँव के स्कूल से बड़ा और काफ़ी मशहूर था। मेरे पिता का हाल ही में यहाँ पर तबादला हुआ था। वे एक सरकारी विभाग में मामूली से क्लर्क थे।

एक दिन मेरे पिता ने मासिक परीक्षा के अंक देखे। वे देखकर दंग रह गये। मेरी माँ भी मेरी पढ़ाई को लेकर चिंतित हो गयीं। पिछले स्कूल में तो मेरा परफॉर्मेंस काफ़ी अच्छा था। यहाँ ऐसा क्या हो रहा है। मेरे पिता ने मुझसे बात की। मैंने कुछ भी जवाब नहीं दिया। अगले सेमेस्टर टेस्ट हुए। इसमें भी मेरे मार्क्स और भी खराब आए।

मुझसे जब मेरे मम्मी -पापा ने कम मार्क्स के कारण जानना चाहा तो मैं रोने लगा और बोला, "अगली बार मैं और मेहनत करूँगा, आई एम सॉरी।"

मेरे पापा स्कूल में मेरे क्लास टीचर से मिलने पहुँचे। क्लास टीचर ने बताया, 'रघु पढ़ने में तो ठीक ठाक है, अनुशासन में भी रहता है, किंतु पता नहीं परीक्षा में वह क्यों लिख नहीं पाता; अधिकतर ग़लतियाँ वह 'समझ पर आधारित प्रश्नों' में करता है।'

मेरे पापा ने पूछा, "क्या वह क्लास में सवाल पूछता है?"

क्लास टीचर ने याद करते हुए कहा, "कभी कभार; समझ लीजिए, नहीं के बराबर।"

मेरे पापा ने क्लास टीचर को धन्यवाद कहा और घर लौट आए।

वे मेरे साथ बगीचे में गये। वहाँ ढेर सारे फूल और पौधे थे। उन्होंने कहा, "क्या तुम सारे फूल -पौधों के बारे में जानते हो?"

मैंने कहा, 'नहीं।'

पापा ने कहा, "इनके बारे में ज्यादा जानने के लिए तुम क्या करोगे?"

मैंने कहा, "आपसे या इनके किसी एक्सपर्ट से हर फूल और पौधे से संबंधित बातें पूछूँगा।"

पापा ने मुस्कुराते हुए कहा, "तो स्कूल में प्रश्न क्यों नहीं पूछते?"

मैं कुछ नहीं बोला।

मैं और मेरे पिताजी बगीचे में लगी बेंच पर बैठे और उन्होंने कहा, "रघु, संसार में कोई भी व्यक्ति पूर्ण या परफ़ेक्ट नहीं होता; कोई भी सब कुछ नहीं जानता। बुद्धिमान लोग इसलिए बुद्धिमान होते हैं कि वे किसी भी चीज़ को पूरी तरह समझने के लिए सवाल करने से नहीं हिचकिचाते।"

मैंने ताड़ लिया कि पापा ने ज़रूर स्कूल टीचर से इस बारे में बात की है।

मैं बोला, "हाँ पापा, मैं इस स्कूल में टीचर से ज्यादा सवाल नहीं पूछ पाता हूँ।"

पापा ने कहा, "बस यही कारण है कि तुम्हारे मार्क्स कम आ रहे हैं; कई बार संदेह या डाउट की स्थिति में तुम सवाल नहीं पूछते, जिससे तुम्हारा कॉन्सेप्ट स्पष्ट नहीं हो पाता। क्या तुम्हें पता है, जीनियस लोग इसीलिए जीनियस हैं कि वे प्रश्न करते हैं और अपनी उत्सुकता को बनाए रखते हैं। एक चीनी कहावत है - कि जो सवाल पूछता है वह केवल पाँच मिनट के लिए मूर्ख हो सकता है, लेकिन अगर वह सवाल नहीं पूछता तो सारी उम्र बेवकूफ़ बना रहता है।

और उन्होंने मुझे एक टास्क दिया। "अब रोज क्लास में कम से कम दो प्रश्न ज़रूर पूछना।"

अगले दिन से रोज पापा ऑफिस से लौटने के बाद मुझसे पूछते, 'आज क्या पूछा?'

धीरे धीर मेरे सारे डाउट्स क्लियर होते गये। मैं क्लास में अच्छा करता गया, और पिता से मिली 'प्रश्न पूछने' की सीख की बदौलत आज मैं आप लोगों के बीच खड़ा हूँ।

नैयर सर की कहानी सुनकर समूचा ऑडिटोरियम तालियों की गड़गड़ाहट से गूँज उठा।

डॉ. प्रदीप कुमार शर्मा

मोबाइल - 09827914888, 07049590888, 09109131207
ईमेल - pradeep.tbc.raipur@gmail.com
पुस्तकें - विभिन्न विधाओं की 13 पुस्तकें
पता - विद्योचित लाइब्रेरियन, छत्तीसगढ़ पाठ्यपुस्तक निगम, छ.ग. माध्यमिक शिक्षा मंडल परिसर पेंशनबाड़ा, रायपुर

आज का श्रवण कुमार

रामपुर में रतन अपनी दादी के साथ रहता था। पाँच बरस पहले जब वह सिर्फ सात साल का था, तभी उसके मम्मी-पापा की एक सड़क दुर्घटना में मौत हो गयी। दादी माँ ही अब उसके लिए सब कुछ थीं। दादी माँ दूसरों के घर झाड़ू-पोंछा कर, उनके कपड़े सिलकर घर चला रही थीं। वह रजत को खूब पढ़ा-लिखाकर एक बड़ा आदमी बनाना चाहती थीं।

रजत अब सातवीं कक्षा में आ गया था। वह खूब मेहनत करता था। हर कक्षा में प्रथम आने के साथ-साथ वह स्कूल में आयोजित खेलकूद और सांस्कृतिक कार्यक्रमों में बढ़-चढ़कर भाग लेता और ईनाम भी पाता।

इस बार वार्षिकोत्सव की तैयारी बड़े जोरों से चल रही थी। अंतिम दिन पुरस्कार वितरण के लिए राज्यपाल महोदय आने वाले थे। उनके सामने 'श्रवण कुमार की भक्ति' नामक एकांकी का मंचन करना था। इसमें श्रवण कुमार की भूमिका रजत को करनी थी। इसकी अच्छी और पूरी तैयारी हो गई थी। कई बार रिहर्सल भी करवाया गया ताकि कोई कमी न रह जाए।

वार्षिकोत्सव वाले दिन रजत जब सोकर उठा तो देखा कि दादी माँ ठंड से ठिठुर रही हैं और साथ ही साथ कुछ बड़बड़ा रही हैं। रजत, दादी माँ की स्थिति देखकर डर गया। उसे कुछ नहीं सूझ रहा था। वह करे तो आखिर क्या करे? एक तरफ दादी थीं तो दूसरी तरफ स्कूल का वार्षिकोत्सव।

उसे क्या करना है, इसका निर्णय लेने में उसे देर नहीं लगा। एक कागज पर प्रधानाध्यापक महोदय के लिए कुछ पंक्तियाँ लिखकर अपने मित्र महेश के

हाथों उसे भिजवाकर, पड़ोसियों की मदद से वह अपनी दादी माँ को अस्पताल ले गया।

रजत को न देखकर प्रधानाध्यापक महोदय परेशान थे। उन्होंने एक विद्यार्थी को उसके घर भी बुलाने के लिए भेजा। तभी महेश ने आकर उन्हें रजत का वह पत्र थमा दिया। उन्हें सारी बात समझते देर नहीं लगी।

उन्होंने मंच पर आकर कहा- "मंच पर उपस्थित परम आदरणीय मुख्य अतिथि जी, गणमान्य नागरिकों और मेरे प्यारे बच्चों! बड़े खेदपूर्वक मुझे कहना पड़ रहा है कि हमारे पूर्व निर्धारित कार्यक्रम के अनुसार आज हम 'श्रवण कुमार की भक्ति' नामक एकांकी आपके समक्ष प्रस्तुत नहीं कर पा रहे हैं और मुझे यह बताते हुए अपार खुशी भी हो रही है कि इस एकांकी में श्रवण कुमार की भूमिका अदा करने वाला विद्यार्थी रजत कुमार, आज वास्तविक जीवन में श्रवण कुमार की भूमिका निभा रहा है।"

सारी स्थिति जानने के बाद कई गणमान्य नागरिक रजत की आर्थिक सहायता के लिए आगे आए। राज्यपाल महोदय ने भी उसको प्रतिमाह दो सौ रुपए छात्रवृत्ति के रूप में देने की घोषणा की।

इस प्रकार रजत की आर्थिक समस्या दूर हो गई। कुछ ही दिनों में दादी माँ स्वस्थ हो गईं।

करनी का फल

अजय और सुमित एक ही कक्षा के दो छात्र थे। सुमित एक निर्धन परिवार का सीधा-सादा लड़का था, जबकि अजय एक शहर के बड़े उद्योगपति का इकलौता बेटा था। माँ-बाप के अधिक लाड़-प्यार ने उसे बेहद घमण्डी तथा जिद्दी बना दिया था। सुमित पढ़ाई-लिखाई में हमेशा पीछे और कक्षा में होने वाली शरारतों में सबसे आगे रहता था।

सुमीत इन सबमें कभी भाग नहीं लेता था। वह कभी-कभी परेशान होकर इन शैतानियों की सूचना अपने मास्टर जी को दे दिया करता था, जिससे अजय को दण्ड भुगतना पड़ता। इसलिए अजय, सुमित को अपना दुश्मन समझ बैठा और उससे ईर्ष्या करने लगा। वह हर वक्त सुमित को सताता और उसको नीचा

दिखाने की कोशिश करता। वह मन ही मन सुमित से बदला लेने और उसे सबक सिखाने के लिए अवसर की प्रतीक्षा में था।

आखिर उसे मौका मिल ही गया। वह दीपावली की जगमगाती रात थी। घर-घर में रोशनियों की चमक-दमक ने चारों ओर उजाला कर रखा था। सब तरफ से आतिशबाजियों व पटाखों की धमाकों से आकाश गूँज रहा था। अजय ने सोचा, यही मौका है सुमित को सबक सिखाने का। उसके शैतान दिमाग ने एक खतरनाक योजना बनायी। थोड़ी देर बाद सुमित जब उसके घर के सामने से गुजरेगा तो वह अपना काम निपटा लेगा। जो भी नुकसान होगा उसे महज एक दुर्घटना ही समझा जाएगा और उस पर कोई इल्जाम नहीं आएगा।

ज्यों ही सुमीत वहाँ से गुजरा, अजय ने उस पर कुछ बम फटाखे फेंकने का प्रयत्न किया। बम-पटाखों की धमाकों के साथ-साथ दर्दनाक चीखों से वातावरण गूँज उठा। अजय की चीखें सुनकर सुमित तेजी से अजय की और दौड़ा। उसने शोर मचाकर आसपास के लोगों को इकट्ठा किया।

अजय लगभग बेहोशी की हालत में था। उसके हाथ-पाँव और चेहरा काफी जल गया था। उसे तुरंत अस्पताल पहुँचाया गया। अजय के माता-पिता अपने पुत्र की ऐसी दुर्दशा देखकर रो पड़े।

अजय को सात दिनों तक अस्पताल में ही रहना पड़ा। बेहोशी की हालत में वह बड़बड़ाता- "सुमीत, मुझे माफ कर दो।" सुमीत मुझे माफ कर दो!"

सुमित को बड़ा आश्चर्य होता कि अजय उससे क्यों माफी माँग रहा है?

होश में आने पर अजय के पिताजी ने अपने बेटे से पूछा-" अजय बेटे, जरा बताना तो तुम्हारी यह दुर्दशा कैसे हुई?"

अजय ने बताया कि वह किस प्रकार से सुमित पर बम फेंकने वाला था और बम उसी के हाथ में फट गया। अजय ने सुमित तथा अपने माता-पिता सभी से माफी माँगी और वादा किया कि अब कभी किसी के लिए न तो बुरा सोचेगा, न ही करेगा।

पिताजी ने समझाया- "बेटा, हमेशा याद रखना चाहिए, जो दूसरों के लिए गड्ढा खोदता है, वह खुद भी उसमें गिर सकता है, इसलिए हमें कभी किसी के लिए न तो बुरा सोचना चाहिए न ही करना चाहिए।

कछुआ और खरगोश

नंदनवन में एक खरगोश रहता था। नाम था उसका- चिपकू। चिपकू बहुत घमंडी, बड़बोला तथा चटोरा था। एक दिन वह एक पेड़ के नीचे बैठा आराम कर रहा था। उधर से लोमड़ी मौसी गुजरीं। दुआ सलाम के बाद मौसी बोलीं- ''क्या बात है बेटा चिपकू, कुछ परेशान-से लग रहे हो।''

चिपकू बोला- ''क्या बताऊँ मौसी जी, सालों पहले एक पूर्वज ने हमारी नाक कटा के रख दी है; हमारी गिनती संसार के सबसे तेज दौड़ने वालों में होती है, पर एक कछुए, से हारकर उसने हमारी इज्जत मिट्टी में मिला दी है।''

लोमड़ी मौसी बोलीं- ''बेटा चिपकू, यदि तुम चाहो तो इस कलंक को मिटा सकते हो।''

चिपकू ने आश्चर्य से पूछा- ''वो कैसे मौसी जी?''

लोमड़ी मौसी बोलीं- ''एक बार फिर कछुआ के साथ दौड़ लगाओ और उसे हराकर इस कलंक को हमेशा के लिए धो डालो।''

चिपकू ने पूछा- ''क्या ऐसा हो सकता है मौसी?''

लोमड़ी मौसी बोलीं- ''हाँ-हाँ, क्यों नहीं।''

चिपकू प्रसन्नता से बोला- ''मौसी, यदि तुम एक बार फिर कछुआ को दौड़ के लिए राजी कर दो, तो मैं ही नहीं, पूरी कछुआ जाति आपका एहसान मानेगी।''

लोमड़ी मौसी बोली- ''ठीक है, मैं कोशिश करती हूँ।''

लोमड़ी मौसी, कछुआ के पास गई। पहले तो वह ना-नुकुर करता रहा, पर लोमड़ी मौसी के बार-बार उकसाने और धिक्कारने पर दौड़ने के लिए राजी हो गया।

निश्चित दिन और समय पर दौड़ शुरू हुआ। महाराज शेर सिंह इसके निर्णायक बने। मुकाबला देखने के लिए जंगल के हजारों जानवर इकट्ठे हुए थे। महामंत्री गजपति नाथ ने हरी झंडी दिखाकर दौड़ शुरू करवाई।

खरगोश बहुत तेज दौड़ा। कुछ दूर जाने के बाद उसने पीछे मुड़कर देखा, तो कछुआ नहीं दिखा, पर चने के हरे-भरे खेत दिख गए। वह खुद को न रोक

सका, चने तोड़-तोड़कर जल्दी-जल्दी खाने लगा। थोड़ी देर बाद उसे चक्कर आने लगा और वह बेहोश हो गया।

उधर कछुए ने धीरे-धीरे चलकर दौड़ पूरा कर लिया।

महाराज शेरसिंह ने उसे विजेता घोषित कर पुरस्कृत किया।

कीड़ों से बचाने के लिए किसान ने चने के खेत में कीटनाशक दवाई का छिड़काव किया था। बिना साफ किए खाने से कुछ दवाई, चिपकू खरगोश के पेट में चली गई थी।

देर रात जब उसे होश आया तो वह समझ गया कि एक बार फिर बाजी हार चुका है।

राजकुमार जैन 'राजन'

मोबाइल - 09828219919
ईमेल - licrajan2003@gmail.com
पुस्तकें - विभिन्न विधाओं की बीस से अधिक पुस्तकें
पता - चित्रा प्रकाशन, आकोला-312205, (चित्तौड़गढ़) राजस्थान

झूठ का जाल

नदी किनारे चम्पक वन में बहुत से जानवर मिलजुलकर रहते थे। सुख-दुख में वे सब एक-दूसरे के काम आते थे। उनमें से कालू कौआ बहुत दुष्ट और चालबाज था। वह सभी जानवरों की चापलूसी करके अपना काम चला लेता था। उससे भी बुरी आदत उसकी यह थी कि वह झूठ बहुत बोलता था।

हरियल तोता, लम्बू जिराफ और जंगल के सब जानवर कालू को समझाते कि झूठे और चापलूस प्राणी का समाज में मान-सम्मान नहीं होता, फिर ऐसी आदत कभी-कभी स्वयं के लिए ही मुसीबत का कारण बन जाती है। लेकिन कालू किसी की बात की ओर ध्यान नहीं देता था।

एक बार जंगल में 'साक्षरता अभियान' छिड़ा। जंगल के सब जानवरों ने उसमें बढ़-चढ़ कर हिस्सा लिया। लम्बू जिराफ, चिम्पू खरगोश, मोटू भालू और फुदकू बन्दर ने घूम-घूमकर जंगल के सब जानवरों को पूरी रुचि से पढ़ाया, जानवरों को पढ़ाई का महत्त्व भी समझाया। वन में कालू ही एक मात्र ऐसा प्राणी बचा, जिसने पढ़ना-लिखना कुछ भी नहीं सीखा। जंगल के जानवरों की मेहनत का ही परिणाम था कि जंगल के राजा शेरू ने चम्पक वन को 'पूर्ण साक्षर' वन का खिताब दिया।

एक दिन हरियल तोते और लम्बू जिराफ ने कालू से कहा- "भैया, तुम भी पढ़ना-लिखना सीख लो, यह तुम्हारे काम आएगा।" कालू का मन पढ़ाई की ओर बिल्कुल न था। वह चुप रहा।

चम्पक वन का काई न कोई जानवर कालू को हरदम पढ़ना-लिखना सीखने को कहता रहता। अब उसको बुरा लगने लगा था। उसने मन ही मन

निर्णय लिया कि अब वह इस वन में नहीं रहेगा, उडक़र दूर किसी और वन में जा बसेगा।

अगले दिन कालू जंगल में कहीं दिखाई नहीं दिया। उसका घोंसला खाली पड़ा था। घोंसला छोड़कर कालू उड़ गया था। उड़ते-उड़ते दूर वह श्रीवन में जा पहुँचा। वह एक पेड़ की डाल पर बैठ गया। उस पेड़ पर मोनू कबूतर, गुलगुल गिलहरी और फिसी चिड़िया बैठी थी। कालू को देखकर मोनू कबूतर बोला- "तुम कहाँ से आए हो भैया? क्या रास्ता भटक गए हो?"

"मैं चम्पक वन से आया हूँ।" कालू बोला- 'हमारे वन के सभी प्राणी पढ़ना लिखना सीख गए हैं, मैंने ही तो चम्पक वन के प्राणियों को साक्षर किया है।' अपनी आदत के मुताबिक कालू ने झूठ बोला।

यह सुनकर पेड़ पर बैठे सभी जानवर बहुत खुश हुए। वे कालू को जंगल के राजा शेर सिंह के पास ले गए। कालू ने सम्पूर्ण साक्षर चम्पक वन के बारे में महाराज शेर सिंह को बताया।

"क्या तुम श्रीवन के प्राणियों को भी पढ़ना-लिखना सिखाओगे?" महाराज शेर सिंह ने कालू को कहा- "तुम्हारे रहने तथा भोजन का बन्दोबस्त राजकोष की ओर से कर दिया जाएगा।"

"हाँ, हाँ, क्यों नही।"

महाराज शेर सिंह ने कालू को आज से ही श्रीवन के अनपढ़ प्राणियों को साक्षर करने के लिए नियुक्त कर दिया।

कालू को कुछ आता जाता तो था नहीं, शीघ्र ही उसकी पोल खुल गई। उसकी शिकायत हुई। उसे शेर सिंह के दरबार में उपस्थित होना पड़ा। राजा ने उसे झूठ बोलकर धोखा देने के आरोप में मृत्यु-दण्ड सुनाया।

जंगल के सभी जानवर कालू के मृत्यु-दण्ड को देखने के लिए एकत्रित हुए।

महाराज शेर सिंह का इशारा पाते ही भालू मंत्री कालू की गर्दन मरोड़ने के लिए उठा ही था कि वह एक जोरदार उड़ान भरकर आकाश में खो गया। उड़ता-उड़ता कालू पुनः अपने चम्पक वन में आ पहुँचा। उसे देखकर सभी जानवरों को बड़ी खुशी हुई।

कालू बोला- ''भाइयो! तुम जो मुझे झूठ न बोलने की सीख देते थे, वह ठीक थी; आज मैं अपने ही झूठ के जाल में फँस गया था। आज मैं बड़ी मुश्किल से प्राण बचाकर भाग आया हूँ।'' यह कहकर कालू कौए ने सारा वृतांत कह सुनाया। कालू की बात जब खत्म हुई तो सब जानवरों ने देखा, कालू की आँखों में सच की चमक उभर आई थी।

''काका! आज से आप मुझे पढ़ाएँगे'' कालू ने लम्बू जिराफ से कहा। सब जानवर बेहद खुश थे।

मैं क्या बनूँगा?

मोटू हाथी की उम्र अभी लगभग आठ बरस की हुई होगी। वह चंपक वन के राजा हाथी का बेटा था। एकदम गोल-मटोल सुन्दर-सा। सब उससे बहुत प्यार करते। सभी उससे पूछते कि वह बड़ा होकर क्या बनेगा? मोटू इस बात का जवाब देने के लिए हमेशा तैयार रहता था।

एक दिन जंगल स्कूल के प्रधानाध्यापक रोमी हिरण ने उससे बड़े प्यार से पूछा- ''बेटा, तुम बड़े होकर क्या बनोगे?''

उसने तपाक से जवाब दिया- ''थानेदार। मुझे थानेदार बनना बहुत अच्छा लगता है; जब कहीं कोई गलत काम होगा, मैं उसे रोकूँगा, मक्कार जानवरों को पकड़कर थाने में बंद कर दूँगा।''

''पर बेटे, थानेदार बनने के लिए बहुत मेहनत करनी होती है, इसलिए यह काम तुम नहीं कर सकते।'' रोमी हिरण ने कहा।

यह सुनकर मोटू ने अपना विचार बदल दिया।

वह स्कूल से घर जा रहा था, तभी उसे डॉ0 पूसी बिल्ली का अस्पताल दिखाई दिया। वहाँ इलाज के लिए कई जानवर अपनी बारी के इंतजार में बैठे थे। बस, उसने निश्चय किया कि बड़ा होकर वह डॉक्टर बनेगा और जानवरों का दुख-दर्द दूर कर उनकी सेवा करेगा।

जब उसने अपने बड़े भाई गोलू हाथी को इस बारे में बताया कि वह बड़ा होकर डॉक्टर बनना चाहता है तो गोलू ने कहा- ''भाई, डॉक्टरी पढ़ने के लिए खूब पैसा चाहिए; हमारे पापा बहुत गरीब हैं.उनकी आमदनी बहुत कम है, ऐसे

में डॉक्टर बनने की बात सोचना गलत है।'

एक दिन उसने आग बुझाने वाली लाल रंग की गाड़ी देखी जो चीकू खरगोश के यहाँ आग बुझाने के लिए आई थी। बस, मोटू ने तय कर लिया कि बड़ा होकर वह 'फायर ब्रिगेड' की नौकरी करेगा और आग बुझाकर दूसरों की सहायता करेगा।

अगले दिन मोटू हाथी स्कूल के अन्य सहपाठियों के साथ पिकनिक पर शहर गया। वहाँ रेल को देखकर सोचने लगा कि बड़ा होकर वह भी रेलगाड़ी चलाएगा और पूरी दुनिया की सैर करेगा। घर आकर मोटू ने अपने पापा, राजा हाथी से कहा- ''पापा! मैं बड़ा होकर रेल ड्राइवर बनूँगा।''

''पर बेटे, तुम तो डॉक्टर बनना चाहते थे, फायर ब्रिगेड की नौकरी करना चाहते थे।''

''ओह पापा, मैं रेलगाड़ी भी चलाऊँगा और बचे समय में डॉक्टरी भी करूँगा, इसमें मुझे कोई परेशानी नही होगी।''

यह सुनकर उसके पापा जोर से हँस पड़े, पर मोटू गंभीरता से बोला- ''आप मेरी बात पर हँस रहे हैं; पर मैं सच कह रहा हूँ कि बड़ा होकर मैं इन दोनों कामों को एक साथ करके दिखाऊँगा'

कुछ दिन बाद ही मोटू ने पापा से कहा- ''मैं पत्रकार बनूँगा।'' फिर कुछ सोचते हुए बोला- ''मैं नेता बनूँगा।'' समय-समय पर मोटू के विचार बदलते रहे। कभी वह सोचता कि वैज्ञानिक बनकर नये-नये आविष्कार करेगा, तो कभी सोचता कि पायलट बनकर हवाई जहाज उड़ाएगा और दूर गगन की सैर करेगा। कभी सोचता लेखक बनूँगा और सुन्दर-सुन्दर कहानियाँ लिखूँगा। कभी सोचता फिल्मी हीरो बनूँगा और कभी साधू बनकर आत्मा के कल्याण की बात सोचता।

ये सब बातें वह सपनों में नहीं, बल्कि दिन के उजाले में सोचता था। दिन भर वह जो कुछ भी सोचता, उसके चेहरे पर वही भाव उभर आते। वह अपने आपको वही समझने लगता जो वह सोचता। इसलिए वह परेशान दिखाई देने लगा। इसी परेशानी में वह सबसे अलग-थलग एकाकी हो गया।

मोटू के मौसाजी, बाबी हाथी एक दिन उसके घर आए। पर उसने उनकी तरफ ध्यान ही नहीं दिया।

मौसाजी ने प्यार से मोटू से पूछा- ''मोटू बेटे! क्या बात है, तुम इतने चुप

क्यों हो? मुझे बताओ, मैं तुम्हारी मुश्किल आसान करने में तुम्हारी मदद करूँगा'

यह सुनकर मोटू हाथी ने राहत की साँस ली। उसने कहा- "मौसाजी, मैं इसलिए परेशान हूँ, क्योंकि मैं नहीं जानता कि मैं बड़ा होकर क्या बनूँगा।"

"मोटू, अभी तुम बहुत छोटे हो, तुम्हारी उम्र बड़ों जैसे काम करने की नहीं है, तुम्हें अपना ध्यान केवल पढ़ाई में लगाना चाहिए; सही समय पर खेलना, खाना, पढ़ना, स्कूल जाना चाहिए... जब तुम बड़े हो जाओगे, तब ये सभी बातें तुम्हारे काम आएँगी, अभी तुम केवल यही सोचो कि बड़ा होकर मुझे अच्छा जानवर बनना है।"

मौसाजी की बातें सुनकर मोटू हाथी को लगा कि वह अभी बहुत बहुत छोटा है और वह नहीं जानता कि बड़ा होकर वह क्या बनेगा।

इसके बाद मोटू हाथी को समझाते हुए मौसाजी ने कहा- "अगर तुम एक अच्छे जानवर बन जाओगे तो अपनी योग्यता और रुचि के अनुसार आसानी से कोई भी काम कर सकोगे'

मोटू को बाबी हाथी की बातें बहुत अच्छी लगीं। वह उनसे लिपट गया।

अब मोटू हाथी से कभी कोई जानवर पूछता कि वह बड़ा होकर क्या बनेगा, तो वह एक ही जवाब देता, कि बड़ा होकर वह अच्छा जानवर बनेगा और अच्छे-अच्छे काम करेगा।

मोटू भी सोचता कि अब उसने सही जवाब दिया है। अब वह पुनः प्रसन्न रहने लगा।

जम्बू बन गया सयाना

जम्बू भालू अपनी कक्षा का सबसे शरारती छात्र था। उसके पिता एक सर्कस कम्पनी के मालिक थे। जम्बू, अपने साथियों पर अपनी अमीरी का रौब जमाता था। उसकी शरारतों से सभी परेशान थे। राह चलते किसी को टँगड़ी मार कर गिरा देना या चुपके से किसी को काँटा चुभो देना उसके लिए मामूली बात थी। वह अध्यापकों से भी नहीं डरता था।

जम्बू की कक्षा का ही एक छात्र था, चम्पू हिरण। वह पढ़ाई में बहुत होशियार था और हर वर्ष प्रथम श्रेणी में पास होता था। सभी अध्यापक उसकी खूब प्रशंसा करते। इस वर्ष तो उसे 'जंगल विद्यालय' के सर्वश्रेष्ठ छात्र के रूप में सम्मानित किया गया था।

चम्पू की प्रशंसा से जम्बू बहुत चिढ़ता। वह मन ही मन चम्पू को परेशान करने की योजना बनाता रहता। एक दिन कक्षा चल रही थी। चम्पू के साथ वाली सीट पर जम्बू बैठा था। उसने कोई चित्र बनाने के लिए चम्पू से रंगों की डिबिया माँगी। चम्पू ने अपनी रंगों की डिबिया उसे दे दी।

जब छुट्टी की घंटी बजी तो काली बकरी, लम्बू जिराफ, सोनू लोमड़, कुबड़ा ऊँट, रोमी बंदर, भोलू मेमना, चिंटू हाथी उठकर कक्षा से बाहर जाने लगे। चम्पू हिरण ने भी अपना बस्ता समेटते हुए जम्बू से अपनी रंगों की डिबिया माँगी, लेकिन जम्बू ने उसे घूरते हुए रंगों की डिबिया देने से मना कर दिया। चम्पू को बहुत दुख हुआ। वह चुपचाप घर चला गया।

अगले दिन कक्षा में आते ही चम्पू ने फिर से जम्बू से रंगों की डिबिया माँगी। इस बार जम्बू ने साफ इन्कार करते हुए कहा- "मैंने तुमसे रंगों की डिबिया कब ली? मेरे पास अच्छी-अच्छी रंगों की डिबिया हैं, क्या तुम मुझे चोर समझते हो?"

चम्पू को जम्बू से ऐसी उम्मीद नहीं थी। उसे बहुत दुख हुआ। रंगों की डिबिया उसके पापा मंटू हिरण ने दिलवाई थी। उन्होंने कहा था- 'बेटा, यह बहुत महँगे रंगों की डिबिया है, इसे सँभालकर रखना'

चम्पू सोचने लगा कि वह अब पापा को क्या जवाब देगा? घर की हालत यह है कि पढ़ाई-लिखाई का खर्च भी मुश्किल से चल पाता है, परीक्षाएँ भी आने वाली हैं; वह परीक्षा में किससे रंगों की डिबिया माँगेगा? सोचते-सोचते उसकी आँखें भर आईं।

तभी उसके विद्यालय के गुरूजी, मोटू हाथी उधर से निकले। चम्पू को देखकर उन्होंने प्यार से पूछा- "बेटा, क्या बात है? बड़े उदास हो; किसी ने कुछ कहा क्या?'

चम्पू ने जम्बू द्वारा रंगों की डिबिया हथियाने की बात रोते हुए मोटू हाथी को बता दी।

"तुम चिन्ता मत करो, रंगों की डिबिया तुम्हें जल्दी ही मिल जाएगी।" मोटू हाथी ने उसे धीरज बँधाया।

अगले दिन मोटू हाथी ने जम्बू भालू को अपने दफ्तर में बुलाया और कहा- "जम्बू बेटा, काफी दिनों से मैं सोच रहा हूँ कि तुम्हें क्लास का मॉनिटर बना दिया जाए; तुम्हारे मॉनिटर बनने से छात्र अनुशासन में रहेंगे, इसके लिए पहले मैं यह देखना चाहता हूं कि क्लास के लडक़े तुम्हारे बारे में क्या सोचते हैं; कहीं वे तुम्हारे कारण परेशान तो नहीं होते।"

मॉनिटर की बात सुनकर जम्बू खुशी से फूला नहीं समाया। वापस कक्षा में आकर उसने निश्चय किया कि अब वह अपने सहपाठियों को परेशान करना छोड़ देगा। उसे डर था कि कहीं उसके गलत व्यवहार की शिकायत कोई छात्र गुरू जी से न कर दे। यदि ऐसा हुआ तो वह मॉनिटर बनने से रह जाएगा।

चम्पू उसके पास ही बैठा हुआ था। वह अब भी बहुत दुखी व उदास था। जम्बू उसका चेहरा देखकर एकदम सहम गया। उसने सोचा- 'चम्पू, रंगों की डिबिया वाली बात गुरूजी को अवश्य बता देगा।'

जम्बू ने तुरन्त उसके कंधे पर हाथ रखकर प्यार से कहा- "तुम उदास क्यों हो चम्पू भाई? अरे यार, मैंने तो तुमसे मजाक करने के लिए रंगों की डिबिया देने से मना कर दिया था; चिन्ता मत करो, शाम को मेरे साथ घर चलना, मैं तुम्हें रंगों की डिबिया वापस दे दूँगा'

चम्पू ने हैरानी से जम्बू को देखा। उसके व्यवहार में आया बदलाव उसके लिए बिलकुल नया था। उसका मन खुशी से भर गया। अगले दिन वह क्लास में आया तो रंगों की डिबिया उसके पास थी। उसने गुरूजी को भी जम्बू के व्यवहार में आए बदलाव की बात बताई तो वे मुस्कुराने लगे।

मोटू हाथी की तरकीब ने शैतान जम्बू को सयाना बना दिया था। उन्होंने उसे कक्षा का मॉनिटर भी बना दिया। अब स्कूल के सभी छात्र उससे खुश रहने लगे।

www.ingramcontent.com/pod-product-compliance
Lightning Source LLC
LaVergne TN
LVHW100809051026
849519LV00006B/2021
9789387390171